晴空

晴空

櫻庭憂生

黑眷村奇譚

原惡哉 / 著　重花 / 繪

目錄頁 CONTENTS

楔子

楔子

鮮紅明亮的天空持續燃燒，宛如受到深淵混沌的呼喚，地面上一切有形之物支離破碎地捲入赤紅的雲端中。

末日炫目的景色像是地獄盡頭般，殘暴恐怖卻又異常美麗。

在我眼前佇立於高樓頂層邊緣卻無所畏懼的少年，帶著不可思議的淺笑靜靜看著世界的消逝，彷彿他與崩壞中的世界毫無關聯，儘管我對他一無所知，卻隱約感覺到他是讓這個地球面目全非的元兇。

「為何你要這麼做？」我問著，少年緩緩回過頭看著我。

殘酷地撕扯世界，再用欣賞的眼神注視它漸漸毀滅。

這樣的少年對著我，露出無比溫柔的神情。

「因為你對這個世界失望透頂，所以我毀了它，別擔心，我會再創造一個更美好的世界給你，不會讓你等太久的。」少年輕聲回應，彷彿世界是為我而生的一樣，這麼理所當然。

「你到底是誰？為什麼要這麼……」伴隨這個沒有說完的疑問，我從夢境中醒來，窗簾的隙縫微微透露晨曦日光，已經早上了。

幸好，這只是個夢。

「幸好我只打算看到這裡，唉！」果斷關掉WORD檔，直接將這份電子稿移到「退稿專區」的資料夾，等到月底一口氣發送審稿通知後，就可以把這個資料夾清空了。

無法過稿的理由絕不是因為「你對這個世界失望透頂，所以我毀了它，別擔心，我會再創造一個更美好的世界給你，不會讓你等太久的」這麼無端有病的台詞，而是跟這次徵文主題「推理」完全無關。把稿件移去資料夾時，不小心瞄到了書名《此世罪惡的彼端》。

等等，他好像瞭解了什麼……

應該記取教訓，下次審稿前記得先花三秒鐘瞧瞧檔案名，這種一看就有問題的名稱最好先做個心理準備，否則都不知道會見到什麼奇文劇情。

信三，某間出版社的編輯，主要負責耽美這個領域。

朝十晚六的上班族，話是這麼說，但在出版社上班要準時離開辦公室根本天方夜譚，尤其是跟作家談人生的時候。

就像現在他隔壁的高富帥編輯已經花兩小時以上跟一位稿子生錯年代的作者好好溝通，但到目前為止還沒有結論，沒結論的事對編輯來說是家常便飯，譬如跟沉迷於電玩中的作者催稿，然後到下個月的月底恐怕對方都還沒寫半個字。

「信三先生，明天休假有空嗎？」三秒前終於結束通話的高富帥，深吸一口氣恢復心理素質後，望向正在看稿的信三，「工藝博物館有為期三個月的埃及古文明特展，如果有時間的話，明天我開車載你一起去看看吧？」

「那就這麼說定了。」信三拿起記事本在上頭寫著這件事，要準備收進公事包內時，他無意間看到三天前的記事。

只有短短一句話——東北部亂葬崗取材。

這讓信三不禁想起昨天在床上看書昏昏欲睡前，他望見角落的等身鏡映照出的房間情景，揉合鐵灰、亮黑、米白三色、充滿時尚簡約感，在牆上掛著各式各樣的押花相框，桌上放著幾本精裝書、鋼筆與墨水，然而這些收藏品都不是來自於他，而是獨自去東北部亂葬崗取材的人。

在半年前他和那個人同居，原本兩人是責任編輯和作者的關係，不知不覺就走到了這個地步。

「不知不覺」或許是他給自己的藉口，說實話，信三至今還無法釐清為什麼要和那個人往來，甚至成為戀人。

不論是價值觀、人生觀、道德觀都南轅北轍，唯一聯繫彼此的，僅有那份不能清楚描繪的情感。

櫻庭愛生，二十四歲獵奇耽美作家，耽美這兩個字是硬加上去的。小說幾乎是十八禁，絕不是因為尺度太超過，而是劇情內容大多敗壞風俗、道德淪喪。

有相當著名的三大原則：男主角至少其中一人會遭遇到無法避免的死亡，年齡絕不超過二十四歲、不會出現「父親」這樣身分的角色、劇情到後面會有相當戲劇性的轉折，導致結局成為BAD ENDING。

最初信三對櫻庭愛生的印象是那雙漆黑的眼眸，再來是那張冷峻清秀但很少有表情的臉龐，接著是低沉淡漠的聲音。不管從什麼角度看，都不是和善有禮的傢伙。

嗜好廣泛而且不是一時興起，前陣子對冰滴咖啡感興趣，購買器材之後三不五時就會在家裡泡冰滴咖啡。只是信三不懂操作，因此櫻庭愛生一離開，他就算有閒情逸致也不會碰咖啡設備。說來同居的家裡有很多東西都是信三不會去使用的物品，但櫻庭愛生在家中唯一不會動的，只有他辦公用的筆記型電腦。

他究竟是什麼時候讓一個陌生人如此肆無忌憚地走進生活裡？又是什

麼時候漸漸妥協兩人在各方面完全不互補的地方？又是從什麼時候對櫻庭愛生偶爾流露出來的溫情感到失落？

似乎已經無法細想了。

很多時候他認為櫻庭愛生口中的「愛」只是孩子在模仿大人說話的內容一樣，並沒有實質上的意義。

如果有，恐怕那也不是他能理解的情感。

第一章

黃昏暈染之際
黑棺惡戲的笑靨

第一章

黃昏暈染之際
黑棺惡戲的笑靨

「下禮拜我想和戀人一同去泡溫泉，信三先生有沒有推薦的旅館？」

開車前往工藝博物館的路上，這位家族經營連鎖珠寶店，卻跑來當出版社編輯的高富帥緩緩說著：「信三先生經常跟某作者去外地取材，應該見識過不少隱身在山林中卻有獨特美感的溫泉旅店吧？除了你以外，我想不到還能問誰。」

那句「除了你以外，我想不到能問誰」的語氣還有點困擾、有點委屈。

「晚點我整理幾間不錯的溫泉旅館名單寄給你，絕對風景優美、服務親切、料理美味。」信三邊說邊注意到車上還放著高富帥與戀人的合照，大白天的，就讓他覺得日光這麼刺眼真的好嗎？

「多謝了。」把車子停好，前往博物館大門前，高富帥想到什麼說了一句：「櫻庭愛生應該後天就回來了吧？下個禮拜有連假，和他出去放鬆心情也不錯。」說完還小聲嘀咕著：「之前就一直想說，他去亂葬崗取材應該帶你一起去，就算真的出現靈異現象，對你來說應該也是區區的孤魂野鬼而已。」

「我也有工作要做。」而且亂葬崗有什麼樂趣可言，要取材就該挑古代刑場之類的啊。當然這段話信三完全放心裡，如果說出來被高富帥知道的話，秉持著「在三個月前成為信三先生的後輩，一直承蒙您的疼愛與關照，我有義務推薦世界不可思議景點給前輩挑戰」這個莫名其妙的思維，搞不好晚上就可以收到他寄來的亞洲古代刑場遺跡。

他和櫻庭愛生同居的事僅有公司幾位深交的人知道，對此高富帥曾經發表微妙至極的感想，「既然他都有信三先生這麼棒的戀人了，感情世界幸福美滿，為什麼還要讓小說主角把別人分屍呢？虧我以為他終於要擺脫便當神這個惡名，想不到還是堅持走自己的老路，真的是，要知道鬼才導演提姆波頓就是太常在電影裡面搞死女友海倫娜，人家才會跟他分手。啊我沒有別的意思，只想祝福兩位執子之手直到永遠……雖然我無法想像。」

據信三所知，提姆波頓和海倫娜分手好像不是因為太常搞死對方這個原因。

他想起高中時代一名數學老師曾分享某位學姊的經歷，她喜歡上具有江湖背景的青年，對方混道上經常販賣毒品，自己本身也吸毒。儘管不學無術，青年對學姊相當溫柔也頗為照顧，因此讓學姊萌生她能拯救男友這樣的念頭。後來青年被警方逮捕入獄，在封閉的監獄裡照舊很有本事地幹老本行，最後因吸食海洛因過量，年紀輕輕二十三歲就猝死了。那位一心等待男友改邪歸正的學姊頓時瞭解一個人的本性很難被愛情改變，儘管有一些為愛棄暗投明的例子，但那終究只是少數。

在他成為櫻庭愛生的責任編輯以前，便看過幾本櫻庭愛生所寫的書，全是灰暗沉重的故事。

「如果能有所選擇的話，我想成為不需要跟同類接觸、獨立存在的生物，不用進行交配、沒有語言沒有歷史，有沒有存在這個世上都不會造成任何影響，孤孤單單地在此世降生，然後突然死去不留下痕跡。我想成為這樣的東西」，少年戀慕將自己一手扶養長大的舅舅，為了結束這段毫無結果的愛戀，少年寫下這幾句話便跳樓自殺了——《獻身》。

那位醫術精湛的男人遇上無家可歸的少年，男人供應少年一切生活所需，兩人維持曖昧卻又陌生的關係。少年意外得知男人不可告人的興趣，他喜歡凌虐那些離家出走的男女，用慘無人道的方式殺害他們後，拍下照片收藏。少年決定逃離之際，男人弄傷他的手腳，並將少年囚禁在華美的房間裡。「愛我，生命才不會在殘虐中死去」，這是男人在結局時對少年說的話——《妖歌》。

《妖歌》是唯一在開頭有介紹出場人物的小說，僅提到男主角，內容是Aestheticization of Violence、Cult Film、Unreliable Narrator。皆是艱澀難懂的英文，一開始就不打算讓人一目瞭然，這三組英文的意思分別是暴力美學、邪典電影、無法相信的敘事者。

撇除簡單易懂的暴力美學不談，邪典電影是指具有獨特風格、詭譎異色、邏輯或劇情爛得讓人拍案叫絕甚至奉為經典的影片。

至於「無法相信的敘事者」是電影或小說的敘述手法，登場角色可能有妄想或精神分裂，但故事開頭並沒有說明，而是隨著劇情進展慢慢揭開不合理的事件，讓觀眾或讀者重新思考結局是否扭曲，或一連串事件到底有沒有真的發生。

那時信三對「是什麼樣的人寫出這些小說」感興趣，除了舅舅以外對其他人都無法抱持激情與愛慾的少年，理解自己終其一生只能被無法得到回應的愛戀折磨，毅然決然跳樓輕生；身為醫生的男人有凌遲他人的癖好，沉迷蒐藏那些獵奇照是真的，但遇見少年以及認為自己被少年所愛，全是幻想。究竟是什麼樣的人寫出這些故事？他無比好奇。

在一年半前成為櫻庭愛生的編輯、兩人一同去深山野嶺取材後，信三對這名作家總算有更深一層的認知。不斷在作品裡反覆確認愛的存在性與真實性，得不到就自我毀滅，得到了便千方百計將之束縛，就跟那雙漆黑的眼眸一樣，彷彿再強烈的日光也無法照亮。

說穿了是個道德感薄弱、價值觀又相當偏差的人，但因為皮相不錯、顏值又高讓人厭惡不起來，堪稱是金玉其外敗絮其中的優秀典範。

正因為是這樣的傢伙，信三對「戀愛可以改變一個人」這種神話傳說已經不期待，他壓根兒就不認為櫻庭愛生有世俗的情感，甚至懂得做人處事的道理，相反地，可能會把現實中辦不到的事放在小說裡實現，譬如說，

青年經常帶弱智的母親去醫院進行人工流產，後來為了節省醫藥費開始自行處理那些剛生出來的同母異父弟妹，原本從抗拒到麻木，漸漸地他越來越享受操弄生命的樂趣。這樣的青年邂逅一名少年，兩人展開幸福的生活。「我喜歡你啊，但光這樣是不夠的，我要你牢牢地記得我」，聽聞少年要出外工作後，青年留下這句話便在少年的面前持刀自裁——《樂園》。

從這一刻開始，全心全意只想著我，從這一刻開始，將僅此一回的人生奉獻給我，從這一刻開始，一切都歸屬於我，所以才要說出「我喜歡你」。

倘若這麼不近人情的偏執能被稱為愛的話。

其實信三對埃及一點想法也沒有，陪高富帥看埃及古文明特展說白點就是來打發時間，儘管這次博物館還非常先進地使用雷射複製技術重現圖特摩斯三世墓室裡「來世之書」的樣貌，但對完全沒研究埃及文明的信三來說，頗有走馬看花的意味。

比起一旁興致勃勃觀察文物細節的高富帥，信三純粹抱著欣賞藝術品的角度去觀賞黃金棺等金碧輝煌的世界遺產，為了不讓高富帥有壓力，兩人沒有一同行動，而是約了會合時間後各自逛展覽。

繞了一大圈，信三最終將目光停駐在一具黑色棺木上。

棺木周圍設置紅龍柱，在旁邊有文物說明立架，上頭寫著：黃昏生祭，三千年前獻給創世神亞圖姆的最高牲禮。

跟其他放木乃伊的棺木不同，這口黑色棺木外觀雕刻精緻但沒有奢華的裝飾品，舉凡瑪瑙、珍珠這類常見的裝飾物都沒有出現在黑色棺木上，取而代之的是深黑陰暗的氛圍，就連說明也簡短到讓人無法瞭解裡頭究竟裝了什麼東西。

「請問需要什麼服務？我看見先生您站在這裡已經有一些時間，有什麼可以為您解說的嗎？」一名穿著輕便西裝、配戴工作人員識別牌的年輕男性走了過來。

與男性照會的那一刻，信三第一個想法是：這麼高水準的外表恐怕是博物館的超級門面。

緊接而來的第二個感想是：他身上的香水挺好聞的。

再來第三個心得為：說來說去，我對這次埃及特展會這麼提不起興致，全是那個跑去亂葬崗取材的傢伙害的。

花了一秒作下結論後，信三客氣地笑了笑，「我在想棺木裡頭裝了什麼，簡介太精簡扼要我有點參不透。」

「確實，從特展開幕到現在，不少人對棺木裡頭的最高牲禮抱持相當大的好奇。為了不影響參觀者的觀感，因此解說沒有透露太多，造成先生您的困擾真是抱歉。」男性跟著將視線移到黑色棺木上，發出了細微「嗯」

像是在沉思的聲音，接著緩緩開口：「創世神亞圖姆是古埃及重要的神祉之一，被認為是黃昏的太陽，一般祭祀通常會用羔羊跟小牛，不過對象是亞圖姆的話，得更為嚴苛繁複。」

「原來如此，所以才稱為黃昏生祭……」那瞬間，信三查覺到字面上的涵義，忍不住問著：「生祭是指，獻出活生生的祭品嗎？你剛剛說祭祀會用上小牛與羔羊，莫非這次使用的是截然不同的生物？」

「正是這樣沒錯，棺木裡放置的是未經人事的十五歲少女，在放入棺木前得先將腦部取出，接著將肝肺胃腸掏空，用香料清理體腔並塞入亞麻布縫合。棺木裡面放置獨特的液體，能讓身體不會腐敗，據說那種液體還能提供祭品養分，讓喪失器官的祭品不至於太快死去。」男性說完，露出些微困擾的表情望向信三，「如此駭人聽聞的事不方便赤裸裸地寫在說明裡，因此除非參觀者產生興趣，不然一般是不主動告知的。」

「的確不怎麼好消化。」然而在敷衍般苦笑的背後，信三腦子裡卻浮現「櫻庭愛生應該會對這樣的題材感興趣吧？一言以蔽之就是活人祭祀，但在公眾場合將充滿禁忌的世界遺產搬上檯面，特展企劃真是大膽啊」這麼大相逕庭的思維。

「先生不舒服了嗎？」男性擔憂問著。

「倒還好。說到這個，棺木是否曾經被打開過？」

「沒有，請仔細看，這口棺木是密封設計，三千年前將身為祭品的少女放入後，古埃及的祭司與工匠就將棺木徹底封死了。如果要打開它的話，恐怕得破壞棺木的結構，但沒有人能擔保密封三千年的文物接觸空氣會造成什麼影響，開棺計劃一再評估延宕，導致目前為止無人見過棺木裡的景象。」男性說明得十分詳細。

「總感覺充滿許多神祕謎團，方才想到我有個朋友喜歡考究各式各樣特立獨行的民俗，說不定他會對古埃及生祭有濃厚的……興趣。」原本是想用「好感」，可說下去八成會遭到其他人側目，信三只好換個說法。

聽到信三這番話，男性理解地點了點頭，「其實中國古代也有類似的生祭，而且手段形式都不怎麼溫和，同樣是把人塞進棺木裡，中國的祭祀手法，硬生生就是比其他國家還痛好幾倍呢。」

聞言，信三忍不住嘆了一口氣，「我很想蒐集這方面的資料，可惜不知從何調查起才好。」

「一個地方的歷史要是太過悠久總會藏汙納垢，那些不光彩的事很難被一般民眾拼湊起來，所以先生對此毫無頭緒也是情有可原。我的工作經常接觸各地古文明，手邊有些相關記載，如果先生需要的話，我可以提供給您。」

簡直是天使。信三頓時覺得博物館的空氣新鮮起來，連擺在展示臺上的文物與木乃伊都讓他備感親切。

「感激不盡，是說我要怎麼聯繫你？」邊說信三邊想著他的皮夾裡面還有五張名片，本來以為今天沒機會派上用場，想不到發名片的時機這麼快就來了。

「這是我的名片，也請多多指教。」男性優雅地將名片遞給他，信三也在此時遞出一張。

看過對方的大名後，男性臨走前不忘提醒著「我會將資料整理好交給信三先生，那麼離場之前如果有填寫意見表的話，也請在展覽工作人員服務上勾選非常滿意，謝謝了」，然後在信三的目送下颯爽地離開並且協助櫃臺小姐回覆參觀民眾的疑難雜症。

「真是可靠的人。」信三把名片仔細放進皮夾，算了算時間，差不多該去和高富帥碰面。正準備移動腳步前往會合地點時，信三突然聽到黑色棺木裡頭發出細微的笑聲，他連忙望向四周，黑色棺木附近僅有他一人，展區的其他人都與這裡有段距離。

不會錯的，方才的笑聲應該是從棺木裡發出。信三十分篤定。

但這怎麼可能？

獻給創世神的生祭至今都過了三千年，沒道理被當作祭品的少女還活著。

難道剛剛是自己的幻聽嗎？信三不得不這麼認為。

他又花了十分鐘觀察黑色棺木的動靜，不知道是否因為圍觀的人越來越多，信三再也沒聽到少女甜膩的細細笑聲。

他越來越不確定是不是自己的錯覺，但比起這個，約定碰面的時間迫在眉梢，信三趕緊快步走到博物館出入口，果不其然，高富帥正待在商品區看陳列的紀念品。

「讓你久等了，抱歉。」信三面露歉意地輕拍高富帥的肩，「這附近有家不錯的輕食咖啡店，走五分鐘左右就會到了，要過去嗎？」

「好啊，一起走吧。」兩人步出博物館，午後溫馴的日光照射在添加玻璃砂的路面，散發閃亮奪目的光芒，高富帥瞇起眼凝視幾秒，像是想到什麼輕聲開口：「我還以為信三先生對古埃及沒什麼興趣，但發現你很投入地在看展覽，頓時安心許多。」

其實是真的沒什麼興致，要不是因為有那口黑色棺木。信三想著。

說到棺木，不得不在意少女的笑聲，也許可以向高富帥打聽點情報。

「你有看到黑色棺木嗎？」信三問著。

「黃昏生祭對吧，獻給創世神亞圖姆的最高祭品。」高富帥興致勃勃地說著：「事實上我就是為了這個，特地來看這次埃及古文明特展，畢竟難得有被完整保存下來的活人祭祀。把人放進去以後，在棺木外層塗上厚重的瀝青密封，接著雕刻巧奪天工的咒文確保祭品的神性，那精湛繁複的工藝完全不輸給法老奢華的葬禮。話說回來，那個時代應該有發生重大變故，不然也不會安排如此狼心狗肺的活人祭祀，活生生地把人的腦袋還有內臟取出，那可是很痛的。」扼腕地說出「那可是很痛的」，高富帥下一秒便用愉快的語氣低聲呢喃著：「啊啊，不過能這麼近距離看見黃昏生祭，完全值回票價啊！」

一旁的信三只能在高富帥看不到的地方露出冷笑。

不愧是擔任敝社都市怪談類型的編輯，果然不能大意。這傢伙肯定做足了功課才去看古埃及展覽，這麼說來，高富帥表面上對櫻庭愛生不斷發表民俗獵奇小說一事頗有微詞，私底下幾乎端出偵探精神，考察人家的取材背景，說是櫻庭愛生首屈一指的狂熱粉絲絕對不為過。如此鉅細靡遺甚至追根究柢地研究劇情跟題材上的漏洞，真是辛苦了。

以上想法盤旋在信三腦中兩秒後，他決定向高富帥探聽一點資訊。

「所以那具棺木，自從三千年前闔上，就沒再被打開了對吧？」他相信那位解說員說的話，但或許高富帥這邊有更詳細的資料，活人生祭和少女的笑聲著實令信三十分好奇，如果能藉此提供櫻庭愛生一些有趣的奇事軼聞也不是壞事。

「是這樣沒錯，雖然開棺驗屍的例子不少，譬如說西漢馬王堆的辛追夫人、清朝慈禧太后等等都相當知名，但也因為這些經歷使得考古學者擔憂棺木與外頭空氣接觸是否會產生無法預知的變化，因此在技術和科技都禁得起考驗之前，暫時不會動那口棺木。」

「那具棺木曾有什麼傳聞嗎？」說出口的同時信三都覺得這個問題微妙，但為了確定少女笑聲的真實性，只能向高富帥求證。

「把黑色棺木挖掘出來的人全都死於非命，你知道的，埃及有很多文物都流入英國，因此黑棺在大英博物館展示的時候有保全在深夜目睹少女用蜘蛛爬行的方式行走、曾有專門偷古文物的竊盜集團想將棺木偷天換日地帶走，結果那些人以科學無法解釋的情況死於展覽場內。以上。」

「離奇到都可以出書了。」沒想到那具黑色棺木這麼有事。信三邊走邊想著。

過去到現在，他身邊發生不少超自然事件，像是之前和櫻庭愛生去東部隱密的村莊取材，繚繞紅色薄霧與遍地可見的黑色紙風車，充滿衝擊性美感混合古典與前衛的風格，讓信三對村莊印象深刻。但當地居民早已在二十年前便葬身火窟，也就是說，那個村莊沒有半個活人。

「信三先生。」高富帥突然停下腳步，信三疑惑地望過去。

只見這位皮相也算一等一的有為青年平靜地說著：「黃昏生祭頗受埃及考古學者注目，少女是在什麼情況下被當作祭品，祭祀過程究竟如何，一直是歷史學家熱衷的話題。至於黑色棺木引發的一連串神祕現象，嗯，那當然是，你聽聽就好❤」

高富帥瞬間露出燦笑，信三也不惶多讓地淺笑回應。

「明白了。」他瞭然地點點頭，但笑容背後完全是——想和戀人一起泡溫泉是吧？作為你的前輩我保證義不容辭介紹好幾間高品質、風景佳的旅館給你，不過要小心，許多溫泉旅館過去不是著名的棄屍地點就是戰亂埋屍場，無法擔保兩位的睡眠品質還有人身安全。容我提醒出門在外多燒幾炷香、隨身攜帶護身符是必備常識，可我記得你似乎是無神論者，看來只能自求多福。預祝旅途愉快。

遺憾的是以為捉弄到信三的高富帥渾然不知自己正被前輩算計著，前往咖啡店路上的腳步說有多輕盈就有多輕盈，只差沒有哼歌助興。

走進那間綠意盎然的輕食咖啡店，高富帥拉開門找個靠窗的位置坐下來，跟在後頭的信三暗自嘆了一口氣，遂坐在對面翻閱菜單。比起透過玻璃窗觀察外頭的人群和景色，他更喜歡待在安靜舒適的角落仔細欣賞店內擺設，儘管這家店他已經來過不下五次。

兩人點完餐，各自拿起手機查看有無未接來電和訊息，在前往博物館途中信三和高富帥不約而同將手機轉震動，確定沒有什麼重要來電後，信三隨口問了：「你是怎麼和戀人認識的？」

「我和她念同一間大學，因為科系不一樣所以互不相識，但有一天她突然找我攀談，說是注意我很久了想彼此認識認識，接著就從陌生人變成朋友，從朋友升級為戀人。」高宮帥盯著水杯，若有所思地補上一句：「交往一段時間才發現，她這麼在意我最主要的理由是，我長得很像她死去的前男友。」

一如既往風和日麗的午後，突然聽到這麼悲傷的戀愛故事，信三正想安撫高富帥時，這位面對作家拖稿放鴿子、人間失蹤、無預警和別家出版社合作等各種狀況都能面不改色的編輯，很悠哉地兩手撐在桌面，優雅地抵著下巴露出人畜無害的微笑。

「想也知道不可能，我的基因如此優良，這世上除了爸媽長得跟我很像以外，再也沒有閒雜人等能跟我相提並論了。」

「很好的自信。」信三溫和地讚許。

但腦海卻花三秒以上的時間盤旋「等會兒享用義大利麵記得細嚼慢嚥，食物卡喉嚨為此氣絕身亡死相可是很難看的，預防萬一我是否要先詢問你喜歡的味道？這樣訂做罐頭塔能有個好依據，雖然你不太可能吃得到」這麼沒有營養的東西。

「我一直覺得信三先生是個成熟的大人，面對後輩的嘻鬧與捉弄都能雲淡風輕知性應對，想必是這份超然冷靜的魅力牢牢圈住櫻庭愛生，不然我很難理解外貌、見識、才能跟凡夫俗子完全是不同層次的他，會甘於像個普通死老百姓一樣談戀愛。」望向窗外明亮的街景，高富帥低喃的聲音有些飄忽，「但或許是前輩大膽無畏、處變不驚的態度很對櫻庭愛生的胃口，這世上哪裡會有人聽聞戀人要去亂葬崗取材，第一句話會是『多拍幾張照片不要放過任何蛛絲馬跡』？普通時候應該是千方百計阻止對方過去，那怕是以死相逼。」

誰會做出以死相逼這種破事？就算櫻庭愛生想去墳場取材他都沒有任何意見，要說兩人生活最讓他無法忍受的地方，就是情色場地不是在床上。舒服的地方不幹，老是喜歡找浴室、沙發、餐桌等高難度的地點，究竟為何要如此考驗一個年近三十的男人不堪折騰的腰？信三不動聲色地翻攪經典煙花女，本來還掛懷少女笑聲這樁懸案，但在義大利麵層層濃厚的香氣瀰漫下，他不知不覺想起一些事。

經典煙花女，Spaghetti alla Puttanesca。

Puttana 在義大利文裡是娼妓的意思，據說是風月場所的女性與客人歡愛後，用黑橄欖、酸豆、醃鯷魚製作義大利麵給心愛的客人品嘗。味道鹹鮮香辣，宛如狂野奔放的激情。

櫻庭愛生曾作這道料理給他，如此強烈濃郁的口味即使到現在也很難忘掉。

——以身體交媾萌生的愛戀終究無法長久，所以才要用讓人不能忽略的味道使對方深刻記得，這是高級交際花的手段。不過對你來說，比起瘋狂為愛犧牲奉獻的味道，你更喜歡清淡富含營養的料理吧。

儘管不明顯，但櫻庭愛生確實區分了兩人對愛的差別，瘋狂與平淡，犧牲奉獻與包容忍耐，彷彿無形中控訴著彼此在愛情上的不平等。但對信三而言，戀愛從來就不是等價交易。

破蛹之後張開炫目冶豔的翅膀，百花爛漫的春景裡，蝴蝶落入蜘蛛的圈套中。

迷戀那抹過於妖異的形體，以細絲溫柔纏繞，不給予脫逃的餘地，捨棄殘暴的本質，屈膝豢養以花蜜維生的摯愛，已經分不清誰是獵人、誰是獵物。

用蜘蛛與蝴蝶形容兩人的關係，乍看之下虛幻得毫無現實感。

不，確切來說，應該是現實得讓人無所適從。

蝴蝶也好，蜘蛛也好，都是無法充分理解情感的生物。

僅能互相折磨，將這份深沉的痛苦扭曲成愛。

第二章

深暗縫隙的群魔低語

第二章

深暗縫隙的群魔低語

「最近過得如何？」將信三送來的乾燥花放在水晶盆上，模樣看來有些歲數的女性端著溫熱的咖啡坐在老舊沙發椅上，她穿著輕便套裝，臉上化著自然的妝容。

「老樣子，生活非常充實。」特別是書展前三個月，每天都忙到很想直接睡公司。信三不打算說太多，如果讓母親知道他經常三餐不正常，肯定會多嘮叨幾句。

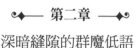

穿著套裝臉上還特地化妝，母親早上跟誰有約嗎？信三喝著拿鐵暗自推測起來。

七年前父親意外去世後，母親身邊不乏追求者，她年輕時完全符合白富美三字的定義，外祖父希望她能嫁入門當戶對的好人家，想不到外表溫順骨子叛逆的母親不顧家族長輩反對，嫁給一名沒什麼錢的高中老師。外祖父無法諒解母親的行徑，兩方斷絕來往直到父親過世，再怎麼反骨也是寵愛有加的掌上明珠，外祖父費盡心神地照顧因喪夫之痛悲傷自責的母親……然而，他與母親的關係也是在那個時候漸漸疏遠。

沉溺於悲痛中的母親徹底冷落了他，但信三不曾怪罪母親，這位女性失去摯愛，她再也不想在意任何人，即便是親生子。

就算外祖父再怎麼殷勤地向母親介紹未婚單身的成功男士，想必也不會有滿意的結果，由於是自己的母親，信三很明白她偏執的個性，畢竟這點可是從母親身上確確實實遺傳給他的基因。

「愛生呢？他今天沒跟你一起來？」女性輕聲問著。

「去東北部亂葬崗取材了，恐怕是有什麼意料外的驚喜吧，昨天通電話說他還會在那地方待上幾天。」

當然，信三一點也不期待這傢伙會拍什麼靈異照片回來，櫻庭愛生曾經去外地考察陰廟，同樣也說會晚幾天回來，結果這個渾蛋拍的照片百分之九十是躲在大葉子底下避雨的松鼠、青蛙、野兔……

「那請他小心一點了，對了，你外祖父說想見他。」

聽到女性輕描淡寫的一句話，信三只能在內心裡嘆息。

知道唯一的外孫與男性同居以後，年過八十的外祖父不近人情地宣告「漣家沒有這麼不要臉的人」，能夠鏗鏘有力地吼出這句話，看來身子骨硬朗得很。打從父親過世後，信三便很少跟母親娘家來往，獨自一人去外地租房子工作，過著自給自足的生活，沒依靠任何人。

突然間改變心意，那位固執寡言的外祖父莫非是得到什麼天啟嗎？信三默不作聲地將視線移到母親身後不遠處的櫃子，上面擺著三人合照，不禁想著若父親還在人世，或許也很想見見櫻庭愛生吧？

「知道了。等他回來，我會將外祖父的意思轉達給他。」將新買的衣服與禮品交給母親後，信三寒暄幾句就離開了。

跟往常一樣，每次跟母親見面不到半小時就匆匆結束，或許對外人來說，這對母子的互動非常生疏。事實上，信三也不知道該如何跟母親有更多話題聊天，在七年前，他們本該是幸福美滿的一家三口，但現在已經無法回到過去。

絢爛奪目的日光照亮平淡無奇的街景，一踏出母親的住所，那緊迫微寒的氛圍全消失殆盡，有種大夢初醒的錯覺。附近一大片梧桐樹是年幼時期最喜歡的遊樂場所，特別是夏季吹起徐徐暖風下起金色花雨的時候，這般美麗的景色如今卻覺得索然無味起來。

就連父親厚重低沉的聲音與時不時展露的淺笑，都不再生動鮮明。

曾幾何時自己變成這麼薄情的人？

不，並不是薄情的緣故。

比起逐漸曖昧的回憶，此時此刻他與櫻庭愛生之間的情感，才是生活的重心。

提到櫻庭愛生，信三連忙想起昨天那個與戀人去溫泉之旅的高富帥寄了一封信給他，標題是「跟古代刑場一樣有意思的奇妙遺跡」，那傢伙究竟曉不曉得他讚不絕口的高級溫泉酒店在八十年前發生過凶殺案？

不管他了。信三趁著搭電車回住所途中用手機打開信件，一入眼便是一張解析度有些低的照片，似乎是在洞穴裡拍攝，範圍估計有三間教室大，並在濕潤的地上直立放置數十個黑色棺材，中間則橫放五口巨大棺木，單論體積可以塞下好幾十個人。

在照片下方則是高富帥的說明：上個月有人在東部山洞挖掘到神祕遺跡，透過鑑定得知部分棺材存放的時間超過三千年，不知為何至今才被人發現，實在太神奇了。真納悶棺材裡頭裝的是什麼？莫非跟先前和信三先生一同參觀的古埃及特展一樣，把身為祭品的人類放在棺材裡嗎？如果有更進一步的消息我再寄給你，話說，相較於古代刑場，這種地方應該更適合你和那個愛生去探險。

兩個都去探險的話就沒有煩惱了。信三將高富帥寄來的信看完回到收件匣，這才發現那位博物館顏值特高的男性工作人員有寄信給他，先是客氣打了幾句招呼語，重頭戲就是附件的部分，皆是仔細整理好的資料。

沒想到那位男性如此重守承諾地將檔案寄給他，信三原先暗自認為男性當初在博物館裡對他釋出善意只是職務道義，這年頭的服務業都怕被客訴，待在這行的人無不戰戰兢兢希望博得顧客的認同。但就算男性沒有將資料寄給他，信三也不會產生反感，畢竟這已經超出對方的業務範圍，只是看到男性來信，他深深覺得能被萍水相逢的人照顧到這個地步，自己肯定上輩子有拯救到世界。

回到家後，信三簡單沖了澡然後將外出的衣服洗乾淨晾在陽臺，拿吸塵器將客廳、臥室、書房、衣帽間都打掃得一塵不染，接著依照櫻庭愛生貼在牆上的「新手也無難度的沖泡教學」，煮了熱騰騰的咖啡，這才坐在電腦桌前好好研究男性寄來的檔案。

櫻庭愛生與他剛同居時，對信三宛如標準流程的生活方式相當不以為然，中式料理三菜一湯、西式料理前菜主食點心樣樣不可少、出門超過三小時回家就得把外出服換掉拿去洗、嚴禁還沒洗澡就碰到床、晚上十一點熄燈睡覺、早上五點（有時還更早）起床準備餐點、星期一三五日使用吸塵器清理地板，二四六得用拖把、每周都要換床單洗棉被還有清冰箱。

高富帥有次開車送信三回家，櫻庭愛生基於「既然是信三的同事，再加上我一直承蒙貴社無微不至的指導，若不介意請讓我招待晚餐」這麼弔詭的理由，邀請高富帥留下來吃晚餐。說真的，那是信三頭一次見到櫻庭愛生對外人那麼親切的模樣。

櫻庭愛生的廚藝自然不容他人質疑跟挑剔，高富帥可是一邊嘀咕「沒想到這貨還挺有兩把刷子，改天作家引退了還可以開餐館」，一邊稱讚裝潢擺設簡單時尚，而且明亮潔淨得讓人不可思議……櫻庭愛生默不作聲地露出意義不明的淡笑，正巧好死不死地被信三一覽無遺。

換作是別人，大概會覺得那張帥臉，搭配斯文的笑意是世界真理，但信三不是第一天才認識櫻庭愛生，他完完全全明白這位獵奇作家內心的想法，就是——很光潔明亮超塵脫俗對吧？一三五日吸塵器、二四六拖把，事先還得用除塵紙不放過角落縫隙擦拭一遍，最近更走火入魔地拿特大張抗菌濕紙巾擦地板和家具，要不是我有先見之明都選了防潮耐震的材料，壓根兒禁不起他這麼玩。這位同事，替我說說他好嗎？

與信三一同在文化產業努力不懈，推出許多驚悚靈異、黑暗怪奇小說的高富帥，當然也不是第一天才認識信三，他心有戚戚焉，很快就解讀出櫻庭愛生微妙的笑容，離去前還拍了拍櫻庭愛生的肩，留下涵義深遠的幾句話：「前輩每天上班來辦公室第一件事就是用酒精消毒桌面坐墊，來回擦三遍才會心甘情願開始工作。唉，你辛苦了。」

這狀況根本是他鄉遇故知，而且容他更正一點，進辦公室第一件事是掃地接著才是擦桌椅，你以為敝社這麼乾淨是誰的功勞？信三始終認為自己這樣的程度叫作重視衛生，離潔癖兩字還有一大段距離，他其實想過自身的行徑是否會造成櫻庭愛生困擾，沒料到對方意外地回應「倒也沒有什麼不好，知道你怕髒所以我不會在家裡抽菸，說不定改天我會乾脆戒菸」。想當然是不可能的，即使如此，聽到櫻庭愛生這番話，信三有著被珍惜跟尊重的感覺。

將男性寄來的信件看完已經下午五點多，晚上約好和大學朋友聚餐，信三在回信裡感謝男性以外，特別將高富帥傳來的圖片與簡介貼上去。古埃及獻給創世神亞圖姆的最高生祭距今三千年，而東部挖掘的神祕遺跡也是三千年，或許兩者間有奧妙的關聯。

出門前他仔細檢查瓦斯與電源，這麼謹慎的性格來自過世的父親，就連喜歡乾淨這點也是。

——信三包含了信愛、信賴與信用。希望你能成為讓人信任喜愛、能被人相信依靠、而且講究信用的人。

為了怕他忘記，父親在小學送的筆記本上面寫下這幾行字，那小小的本子目前仍放在與櫻庭愛生同居新家的書櫃上。對比信三純樸柔和的過往，櫻庭愛生很少提及自己的過去，就信三所知，櫻庭是母親的姓氏，愛生是筆名。從小由哥哥扶養長大到十四歲，相依為命的兄長因心臟病發作離開人世，扣稅後的遺產多到能讓他這輩子不用工作。

八成是這層原因讓櫻庭愛生無後顧之憂地寫市場小眾的獵奇小說，不只如此，還可以讓他閒來無事就去鳥不生蛋、狗不拉屎的地方取材。

搭大眾交通工具去聚餐場所，下班時段人潮擁擠，雖然不至於像沙丁魚那樣把車廂塞爆，但混合各種氣味與體溫，隔著衣服布料和陌生人無意間摩擦碰撞，信三只能忍耐等待捷運抵達。

除了火車和高鐵以外，櫻庭愛生絕不搭乘捷運、公車、巴士這些交通工具，這點一直被信三調侃為少爺病。傲慢又任性、獨特的高冷氣質，道德觀、價值觀和世界觀扭曲得莫名其妙，使得櫻庭愛生的朋友少到一隻手就能數出來。

儘管兩人各自有獨立的生活交際，但頻率卻是天壤之別，信三一個月至少與朋友聚會三次，櫻庭愛生要是三個月有一次就萬幸了。

是因為不擅長融入人群裡嗎？到達目的地，通過月臺的信三不禁思考這個問題。

其實從櫻庭愛生目前所有作品裡可以窺知一二。主角設定上智力、行動力都一等一，但人際關係不是表面往來私下沒互動，就是獨善其身，實實在在反映作者的為人。

要去東北部亂葬崗取材前，櫻庭愛生交了一份稿子給信三，描述私家偵探受地下俱樂部委託調查一捲錄音帶的來歷，錄音帶的內容是年輕男性與女性的對話，不過從女性說話的語氣和情緒判斷，那是在非常極端的場合對談。是問答遊戲，男性出題女性回答，若女性答錯的話，她的身體得付出一些代價。

地下俱樂部想知道這捲錄音帶是否為真實的凌虐紀錄，如果私家偵探能夠找到那名年輕男性與女性的身分就再好不過了。

單從錄音帶找人確實是嚴峻的挑戰，可私家偵探仍拿出專業的魄力，終於找到錄音帶完成的時間、地點與相關人士。那是發生在十五年前轟動一時的連續肢解命案，兇手將曾經與他待在同一間孤兒院的人一一找出，透過不同方式將之誘騙到偏僻場所，接著就是生死問答題。

年輕男性細心錄下每次凌遲的過程，並將屍體分埋在處刑場附近的空地，私家偵探在夜深人靜時，將十五年前塵封的屍體挖出，每個裝屍袋外頭全都繫著小巧別緻的卡片，上面的留言是：縫上你的嘴巴，有本事的話就繼續說吧。

費了九牛二虎之力，私家偵探找到兇手的真名，詭譎的是，兇手更進一步的資訊成謎，行蹤也下落不明。無論如何，私家偵探總算完成地下俱樂部的委託，收到豐厚酬勞的同時，也得到一封信。字跡成熟優美，以鋼筆勾勒出來的線條充滿歐洲貴族的教養，即使只有短短一句話，卻讓私家偵探錯愕不已。

Dear, I love YOU forever. From your other self.

這是故事最後一句，我永遠愛你，此封信來自私家偵探另一個人格，也就是地下俱樂部的關鍵人物。

從劇情細節裡可以得知與兇手出自同一家孤兒院的人經常嘲笑他性格陰暗，出社會後狡詐詭智的兇手一個也不留地將曾經欺侮他的人分別殺害，可能是行刑中獲得異樣的成就感，他組了一個愛好真實獵奇的地下俱樂部，內部成員皆是上流的外在、下流的內在。

然而這位菁英敗類有個不為人知的祕密，家族遺傳了天生精神解離疾病，在兇手三歲的時候憑空多出一個人格，該人格直到兇手成年以後才完整成型。小說主角，也就是私家偵探，他的童年回憶與求學過程皆是被兇手捏造而成，偵探不知道兇手的存在，而兇手，深愛這個與他截然相反的人格。

孤獨且自戀。存在著戀慕，也不存在戀慕。

這本小說的名稱是《BELOVED》，被愛。

和大學朋友聚餐快結束時，信三收到那名博物館男性寄來的電子郵件。

原本想忍住等到回家再打開筆電看信，但最後還是趁著大家忙著跟太太約定到家時間、公司後輩緊急打電話過來詢問工作事宜、三歲的女兒突然想聽爸爸的聲音、被女友警告晚上十點要是沒看到人就不用回家、雙親想吃宵夜被拜託去夜市買幾份鹽酥雞等等，眼看所有人都在講電話，信三也就不客氣地拿出手機點選郵件。

信三先生，非常感謝您的來信。

關於您在信中提及的東部遺跡我也略有所聞，歷史悠久的古朝代不約而同都有活人祭祀的記載，中國甚至在商周以前就有泯滅人性的生祭。將成年人的四肢折斷然後放入黑色棺木中，直立式埋進柔軟濕潤的泥土裡，據聞棺木裡的人可以藉由泥土裡的養分，不吃不喝長達好幾百年都不會死。

我國十三世紀以前就有濃厚的靈魂崇拜特質，尤其是南島民族砍下活人的頭顱並堆疊收集的習俗，相信您應該聽聞過。其實現今我國東南部仍有一個偏僻的村落保有獵首與生祭的傳統，名為黑眷村，可能東部那些黑棺是村落經年累月生祭的場所也說不一定。

世界各地的古朝代進行生祭時都使用黑色棺木這點，有種神祕的制約感，信三先生如果有興趣的話，不妨去拜訪黑眷村。那個地方最近受到觀光業推動成為氣質獨特的旅遊景點，六七月前往的話還能看到名為「黑月」的稀有花卉，這可是自然界僅有的黑色花朵。

六七月啊……信三看了行事曆。八月通常有大型書展，因此六月開始幾乎是出版業的戰爭期，雖然也可以放假，但得提前把許多工作完成，很考驗效率以及作家的交稿速度。如果手邊的作家皆是不拖稿的人，確實可以高枕無憂，要是有一個以上慣性拖稿……就會讓人想照三餐問候對方的祖宗。

「信三這陣子似乎很忙碌，傳簡訊給你都晚上八點以後才回應，工作上還好嗎？」某個哄完三歲女兒的大學同窗，邊吃燒賣邊問著。

「因為不想把工作帶回家處理，在公司把事情做完都七晚八晚，回到家才會看訊息。」話是這麼說，櫻庭愛生去東北部取材之後，一個人無聊閒在家也會在就寢之前校稿，算算看那傢伙外出已經超過一個禮拜，這段時間裡兩人鮮少聯繫，唯一一次聯絡是櫻庭愛生來電告知他還會待在東北部一段時間。那次通話只有簡短的三分鐘。

真是孤寂的戀情。

信三看著水杯裡與冰塊漂浮的檸檬片，突然想起櫻庭愛生那天要出門時才凌晨四點，安靜敏捷地梳洗著裝，很溫柔地不驚動還在熟睡的他，離去前輕聲在耳邊留下「那麼我先走了」，感覺到唇瓣殘留些許櫻庭愛生的餘溫。真正意識到那個人已經不在身邊，是早上五點的事。

他醒了，這才發覺只剩下自己一人。

「別把自己逼太緊，對了你跟男……同居人進展如何？」這家餐廳的料理無可挑剔，服務也盡善盡美，比較讓人詬病的地方是座位間隔非常近，只要音量稍大一點左鄰右舍都聽得到。那個等等要去夜市買鹽酥雞的孝子原本打算說「男友」，信三交往對象是男性不是祕密，想到大家聊天的內容可能會被其他人聽到，只好硬生生改成「同居人」。

「老樣子，依舊是撲朔迷離的攻防戰，他去東北部至今一個禮拜過去還沒看到人。」喝了一口檸檬水，信三淡淡回應。

「一直覺得你戀人高深莫測，所以他出門之後有跟你聯絡嗎？」

「通過一次電話，三分鐘以內結束，說是要晚幾天回來。」

「這下絕了，他是為了什麼要耽擱這麼久？」

「去研究亂葬崗的風俗民情、歷史背景，還有超自然效應。」

撇除信三以外的都會眾男性，一致目瞪口呆、無言以對……

「他想去拜訪南美食人部落我都無所謂，但出門到現在只通過一次電話讓我覺得……」覺得痛苦。然而孤寂帶來的折磨已經不是痛苦兩字可以解釋，為什麼會如此脆弱？信三也說不上來，彷彿只有他為此焦慮不安，櫻庭愛生像是待在他碰觸不到的地帶，游刃有餘地觀賞著。

「覺得不被需要嗎？」鹽酥雞孝子嘆了一口氣，「難怪他有本錢跟理性穩重的你展開攻防戰，一些個性特別糟糕的人很喜歡幹些任性事，試探情人有什麼反應，全是因為他們不這麼做就無法確立自己有沒有被人好好疼著，愛上這種人就當作你上輩子沒拯救到地球，若選擇跟對方硬碰硬只會消耗你的情感，不如發個簡訊要他不管待在銀河系哪個角落都要現在飛回來，讓你揍個三拳才能走。」

精闢。信三不禁在內心讚賞。當初櫻庭愛生打電話過來表示要在東北部花上一些時間，他只是回覆「我知道了」，如果那個時候說出「可以早一點回來嗎」，會不會情況有所不同？

緊緊抓著不值一提的自尊心堅持不放手，換來的只是短暫幾秒的勝利感，徒留大片過於煎熬難耐的空白，倒不如赤裸裸坦誠自己的需求。

和大學時代的朋友一一道別後，信三拿起手機準備寫簡訊，繁華商業區人潮不斷，閃爍迷亂的霓虹燈，寫著「我想見你」，在發送出去的那一刻，他聽見一陣陣細微的笑聲。

就跟先前在古埃及特展黃昏生祭黑棺區域聽到的聲音，一模一樣。

信三猛然抬起頭，看到一群打扮時尚的女孩子從附近走過。

是他多想了嗎？不，他確定跟博物館聽到的聲音如出一轍，猶如銅鈴搖曳，細膩清脆的未成年女音，太過魔魅獨特，就算要忘掉也得花上大半時間。

第一次信三會當作是幻覺，第二次若是繼續不在意就太粗枝大葉了。

他低下頭將還未發送出去的簡訊修改成「我遇到一些奇怪的事，你是否能回來幫我」，看著簡訊寄送出去，信三頓時安心許多。

回到家整頓一番，他立刻在網路上調查黑眷村以及中國商周時代生祭的記載。

遺憾的是網路上的資料十之八九是民間軼聞，真實虛假、穿鑿附會，因此不能百分之百肯定報導的正確性，比較有參考價值的資料只有兩個，黑棺與黑眷村。

如同那名男性所說，古代殷商時期有紀錄的生祭不少，幾乎是祈求國泰民安、風調雨順。使用成年人作為祭祀的牲品，活生生折斷牲品的四肢，然後塞進擁擠的黑棺裡，直直放入溼地中裸露半截。黑眷村被認為是流亡到異鄉的西羌人[1]，他們保留原始野性的文化，不論是收集人頭骨與生祭都沒有中斷過，但在最近由於觀光業介入，使得黑眷村不僅一躍成為著名的旅遊景點，那些流傳下來的習俗也被迫中止。

值得一看的地方除了稀世罕見的黑月花以外，還有黑眷村外圍數以百計的黑棺墳場，據聞是村莊居民死後碾碎四肢，將屍體放進黑棺中直立在地上，作為抵禦不淨邪靈侵擾的天然屏障。當地人深信自然界中存在許多邪惡意志，為了不讓這些邪念干擾思想，需要可靠的防護措施，一種地基主的概念。

目前蒐集到的情報沒有提到東部挖掘出來的黑棺群墓與黑眷村有什麼關聯，如果能兩個場所都去造訪的話那就皆大歡喜了。信三開始尋找黑眷村有沒有什麼可以住宿的地方，既然被開發為觀光景點，應該有旅館之類的設施。

結果不找還好，一找發現觀光帶來的巨大經濟真不是普通死老百姓有辦法想像，溫泉旅館三間、民宿五間、大型飯店兩間……其中溫泉旅館的預約要排到一年以後。明明只是兩千五百人的村落，但是連學校、醫院、便利商店、夜市、中藥房、咖啡店、餐廳、菜市場都有了，當地人搞不好都比外來客還少。

在調查資料途中，信三也找到黑眷村的含意，解讀方式是黑眷之村，

注釋

1 西羌人：或稱為古羌人，中國宋元時期最後的古羌人融入川西各民族中，現在可說完全絕跡。可考的歷史能追溯到商周時代，殷商有用羌人當作供品祭神的習俗。

不是黑之眷村，因此跟眷村一點關係也沒有。取名為黑眷的理由相當曖昧，恐怕是外地人畏懼這個村落野蠻冷酷的行徑，所以給予黑眷這樣的稱呼也說不定。

稍微整理好檔案，信三在晚上十一點多的時候入睡。

他作了一個夢。

在黃昏掩沒薄暮之際，屹立許多殘敗的墓碑開滿紅蓮花，如此鮮明的景色裡，兩人的影子隨著日光下沉於地平線，逐漸疊合在一起。

櫻庭愛生漆黑的眼眸直直看著父親的墳墓。

這是兩人相識不到三個月時的景色，櫻庭愛生曾經提過父親年紀輕輕便自殺身亡，在死之前一直受憂鬱症所苦，他對沒有向父親伸出援手的自己感到無比厭惡，所以決定不再使用本名。

「櫻庭愛生是你的暱稱吧，櫻庭似乎是你母親的姓氏。」信三站在櫻庭愛生身後，想著如何給眼前這個人力量，「我可以知道你的本名嗎？」

櫻庭愛生轉過身，那張清冷俊美的臉龐露出鮮少可見的淺笑，「我的名字是……」

現在想想，那時櫻庭愛生臉上溫柔的笑意不具任何意義，那是經過複雜的計算與完美的偽裝，他認為這個時候帶著悲傷虛幻的微笑最能擄獲一無所知的獵物，於是開始蜘蛛與蝴蝶的糾纏。

信三過很久才得知待在此處安眠的人可能跟櫻庭愛生一點關係也沒有。

儘管那個人會提起自己的過去，但全部都是他自己捏造而出，沒有一個是真的。

那個人假裝自己來自健全的家庭，事實上，他出生沒多久雙親就失蹤了，推測是被那個喪心病狂、變態扭曲的兄長所殺。儘管他十四歲那年兄長因病死去，但就連櫻庭愛生本人也不相信兄長已經死亡。

信三到現在還深刻記得一件事，兩個人同居後三個月時，櫻庭愛生曾留下「我有一件非常重要的事要去辦，兩天後回來」這樣的字條，在深夜開車去不知名的地方。

那時正逢雨季，在第二天傍晚下著滂沱大雨裡，櫻庭愛生神色凝重地歸來，說了：「哥哥的墳墓裡面什麼也沒有，我懷疑他根本沒有死。」

沒想到他連挖墳這麼傷天害理的事都做得出，信三心裡受到不小衝擊，可還是鎮定地問了：「為何要確認這件事？」

櫻庭愛生瞬間露出非常苦惱的表情，然後低聲回應：「那個人肯定會在我人生最幸福的時候徹底毀了這一切，我絕不允許他這麼做。」

人生最幸福的時刻？

現在對你來說是人生最幸福的時刻嗎？信三始終沒有將這句話說出口。

夢境的畫面停留在櫻庭愛生毫無意義的淡笑中，天際深藍渲染黑紫的色澤，美得不可思議，微風吹起地上鮮紅的落花，寧靜的信三聽不見一絲聲音。

這個夢境信三遇見不下數十次，每一次都會在這一刻停駐到他醒來為止。不斷反覆回顧兩人相識的景象，是因為眷戀嗎？

一個人格擁有重大缺陷的青年為了融入社會，刻意模仿其他健全人類的生活習性，比方說交友，比方說戀愛。某一天青年邂逅一位堅強獨立的少年，他深深受少年堅毅果斷的眼神吸引，於是製造許多機會、展現自己孤獨憂鬱的一面，極為耐心地等待少年踏入他精心策劃的陷阱裡。

少年落網了。

在他眼中，青年對人真誠卻不擅言詞，容易引來諸多誤會，可青年本質善良木訥，少年決定溫柔地守護青年。

然而少年根本不知道他所戀慕的，是怎樣的生物。就這樣帶著一無所知的愛情，度過每一日虛假與不實堆砌而生的幸福。

青年最終想到一個絕倫的、貫徹究極愛情的方式，他在少年面前自殺，青年用死亡牢牢束縛少年的情感——《樂園》。

可青年大概沒想到少年在他死後傷心欲絕地整理遺物和翻修庭院時，發現青年不為人知的祕密。在庭院泥土下埋葬數十具屍體，幾乎與青年有血緣關係，為了滿足自己喜歡凌遲他人的嗜好，智能不足的母親被迫懷胎生產直到大量出血死亡為止。

當初青年是怎麼對他說的？「從小雙親離異而且各自擁有家庭，我被親戚輪流照顧但他們從未抱持善意，國中時代靠著打工自力更生，十五歲開始我便一個人生活。只是小時候不愉快的經歷讓我很抗拒擁擠的場合，所以我儘量在家裡工作，平常沒什麼機會跟別人談話互動，希望你不要覺得我很冷淡。」

全是謊言。

過往狂熱的情感在瞬間蒸發殆盡，少年對青年僅留下深層的恨意。如果可以選擇，他這輩子再也不想看到這個人。

很遺憾，櫻庭愛生其實不曾描寫青年死後的劇情，因此少年發現青年的祕密、對青年無比憎恨，全是看過《樂園》這本小說的讀者在網路上捏造出來的。

這是當然，對櫻庭愛生來說，青年的所作所為，一言以蔽之是對人的惡意、對愛的癡情，他相當偏好思想性格可惡至極、不過面對愛情卻追求專一純粹的角色。淋漓盡致地展現極惡與純愛。

但現實生活裡，道德價值觀都很健全的人，恐怕要遭受無法想像的衝擊才有辦法接受病態又不老實的戀人，正是因為如此，信三才會一再流連過去的景色。

若是那個時候沒有向櫻庭愛生問起本名，兩人或許只是偶爾有來往的編輯和作家。

沒有錯，信三深刻地瞭解一件事。

比起愛，他寧願從未認識櫻庭愛生。

倏地，信三感覺到有人正在觸摸他的頭髮，本來就是淺眠的人，很快就從夢中醒來然後不情不願地睜開雙眼，看到的是透過窗簾縫隙的微薄光線所照亮的，那張模糊卻萬分熟悉的臉。

肯定是收到簡訊當下就從東北部趕回來吧，放在床邊的鬧鐘每天凌晨五點就會響，估計現在可能才三四點。那個人一如既往地，永遠把他放在第一位。

「將我一人留下獨自去旅行這麼久，你的心裡難道一點罪惡感也沒有？」信三伸手抓住那個人穿的黑色大衣，柔軟的布料上還殘留深夜清冷的氣息。痛苦也好、後悔也好，事到如今已經無法離開這個人了。

「說吧，想要我怎麼賠罪。」他細細吻著信三的手背，輕輕撫摸滑順的髮絲。

「看你誠意。」信三慵懶地隻手撐頭，他感覺不到半點疲憊，甚至隨時討論接下來的出版行程都沒問題，儘管那個人才不會把時間浪費在這麼無關緊要的小事上。

「用身體把你這幾天的空虛填滿，應該夠誠意了。」他把大衣脫下擱置在臥房的沙發上，鐵灰色襯衫與窄管褲將高瘦結實的身材展露無遺。

聞言，信三閉上眼，伸出了舌頭，「自己吻上來，不要讓我等。」

「我真是愛死你高高在上的模樣，放心吧，接下來的每一秒都不會讓你無聊。」一手壓著床鋪，他俯下身吻著信三的唇。那雙與外頭天際一樣漆黑的眼眸直直盯著信三的臉龐，伴隨炙熱的深吻很有默契地脫下彼此的衣服，連同他所戴的手套。

儘管室內光線不足，信三依舊能辨別櫻庭愛生蒼白的手背上那妖異的蝴蝶刺青。

頭部是骷髏，身軀則是脊椎和肋骨，翅膀則是用手指的骨頭一一排列張開。

這是一隻用人類的骨架所形成的蝴蝶。

百花爛漫的春景裡，蝴蝶落入蜘蛛的圈套中。

迷戀那抹過於冶豔的形體，以細絲溫柔纏繞不給予脫逃的餘地，蜘蛛捨棄殘暴的本質，屈膝豢養以花蜜維生的摯愛。

花蜜？不，才不是那麼廉價的東西，那隻蝴蝶賴以為生的是……

第三章

深紅罌粟與徬徨蝴蝶

第三章

深紅罌粟與徬徨蝴蝶

活魚切片。是指將活魚保留頭尾，其餘的部分切成片狀並利用魚殘存的軀體擺盤好，技巧了得的話，上桌的時候魚還活著。

高中時代慶祝父母結婚周年，預約一家高級日本料理，其中就有活魚切片，那時看到擺盤上的魚還一張一合感到不可思議，父親從容不迫地解釋活魚切片的特色，最後溫柔地說了一句：「信三現在肯定是半點胃口也沒有了吧？我事先也不知道餐廳會準備這道料理，因為是無菜單制，抱歉了。」

何止沒有胃口，心情簡直就跟月考當天鬧肚疼一樣救不回來了。信三暗自想著。

結果那道活魚切片被母親一不作二不休地送給鄰桌，相較於這家三口糾結尷尬的情緒，鄰桌四個人一下子就把那盤料理給清空了。

對於魚是否有痛覺這事目前還在爭論中，許多人認為魚的大腦非常小，因此不具有痛的知覺，捕獲時的掙扎只是一種本能反應而已，就跟螞蟻一樣，對「痛」這樣的感觸一無所知。

儘管無法明目張膽地吃食活生生的魚肉，但是和櫻庭愛生搬入新家那天看見客廳飛進幾隻大強，他當下迅雷不及掩耳地拿藥用酒精讓所有飛強升天，接著不忘義正詞嚴地機會教育「會飛的蟑螂十之八九都受孕，你要是錯失下手的大好機會，往後要面對的就是好幾打的蟲」。

辦事效率沒有信三出類拔萃的櫻庭愛生，只能沉默看著垃圾袋裡面死到不能再死的大強。

然後在同居後兩個月，兩人相約去頗負盛名的無菜單料理店用餐，時隔如此久，信三再次看到活魚切片。櫻庭愛生在飲食方面百無禁忌，準備要動筷子享受生鮮美味時，查覺到信三欲言又止的表情。當下櫻庭愛生什麼也沒說，就把活魚切片送給隔壁桌，直到用完餐，回程返家的路上，櫻庭愛生才淡淡表示：「絕不讓蟑螂有活命機會，可以吃生魚片但無法接受活魚切片，信三真是撲朔迷離的人。」

——撲朔迷離的是你，竟然把那道料理送給隔壁那桌女大學生，不知道少女們看到魚嘴還會動，都露出糾結的表情了嗎？

信三的腦海裡瞬間閃過這個感想。他暗自決定，以後如果要去無菜單制的餐廳吃飯，一定要事先確認菜色，他再也不想看到活魚切片了。

然而從這麼一個微不足道的小事便能看出兩人的差距，櫻庭愛生經常配合他的喜好，至於信三……先前櫻庭愛生計劃要到東北部取材時，曾問信三是否要跟著一起去？先不談這貨和戀人約會的地方居然是亂葬崗，信三畢竟是個夜探地下墓場也能面不改色的真男人，亂葬崗對他來說只是個觀光景點。不知是何種沒來由的心態從中作梗，面對櫻庭愛生的邀約，信三直接回絕：「我有工作，你一個人去吧。」

說這麼多，其實只是想試探櫻庭愛生會不會真的一個人出遠門。

就像是賭氣一樣，櫻庭愛生也冷不防地將計劃提早，然後在出發前一天才告知他：「我決定明天凌晨就出發，之後就是雨季，我不想錯過這次機會。」

那個時候，信三只是頭也不抬地表示「知道了」。內心卻充斥著無以言喻的失落。

——一些個性特別糟糕的人很喜歡幹些任性事，試探情人有什麼反應，全是因為他們不這麼做就無法確立自己有沒有被人好好疼著。

不斷去試探，想知道自己是否被愛的人，不是櫻庭愛生。

信三早就知道。反覆探求愛情是否存在，想被別人需求，對情感貪得無厭的人，是他。

身上襯衫的釦子被解開之前，信三還想著雨季即將來臨，床單和棉被如果弄髒的話得買烘衣機，說實話他不是很喜歡藉由電器烘乾衣物，這可能是受到父親影響。

他一直記得父親曾提到「棉被和枕頭套經常拿去曬太陽才能殺菌」，說來每次回憶父親都是打理家事的場景，身為千金大小姐的母親雖然也碰陽春水，但總是被父親攔截接手，現在想想，不願讓母親接觸打掃這類雜事，是父親的大男人主義在作祟。

冰涼的手指順著臉頰弧度輕輕滑至鎖骨凹處，再順著胸膛的曲線來到腰際，嚴格說來被櫻庭愛生這麼觸摸，信三沒有什麼特別的感覺，但那雙漆黑的眼眸與專注眷戀的神情，卻深深勾起信三內心深處的慾望。

他主動拉下櫻庭愛生褲頭的拉鍊，將深色的上衣拉開時，看到骨盆到大腿處有蛇骨跟齒輪的刺青。這是認識櫻庭愛生之前就有的圖樣，這個人身上有三處花紋，手背上的蝴蝶，大腿上的蛇骨，後頸的罌粟花。

「真是性感。」信三喃喃說著。

腦海裡閃過一大片罌粟花上方飛舞著骷髏蝴蝶的景象，如此低俗廉價的畫面跟櫻庭愛生一點也不相襯，為什麼還會構想這樣的景色？

恐怕是他清楚自己就是如此庸俗。

想要獲得愛，偏偏戀慕的對象是個連愛也只能靠模仿才能給予的人。

慢條斯理地將潤滑液倒在手上，不疾不徐緩緩地把手指探進信三溫暖的內壁，雖然是無比熟悉的觸感，卻還是讓信三忍不住弓起身子。

「還是一樣這麼敏感。」櫻庭愛生笑了笑。他細吻著信三的鎖骨，本想游刃有餘地沉浸於性愛帶來的享受，但聽到信三輕微的嘆息聲以及受到刺激而不斷緊縮的肉壁，他明白自己無法再這麼從容不迫。

「對不起，信三。」櫻庭愛生突然沒來由地說了這麼一句。

「什……」還沒反應過來，信三感覺到櫻庭愛生的性器已經插入他的體內。炙熱碩大的陽具一下子就占滿狹窄的內壁，被貫穿的疼痛感讓信三頓時倒抽一口冷氣。

「你他馬的就不能戴上套子再進來嗎？」咬牙切齒地看向櫻庭愛生，這才發現那雙一如既往黑沉沉的雙眸正布滿情慾，俊美的容貌因推進摩擦帶來的歡愉，有著複雜的神情，揉合著施虐的愉悅、肉體情色的快樂以及壓抑制止的掠奪。

「沒能忍耐住，抱歉。」櫻庭愛生邊說邊輕舔著信三略顯乾燥的嘴唇，「無法循序漸進地滿足你，全都是你太過引誘我的過錯。」

明明開著空調，卻因為高漲不止的燥熱使得身體蒙上一層細汗。

信三雙腳張開折抵在櫻庭愛生的兩側，隨著略顯急切的抽動而微微顫抖，與櫻庭愛生十指交疊的左手時不時被狠狠地緊握住，一點也不溫情的情愛，粗暴強硬地直闖深處，反而讓信三在櫻庭愛生進入沒多久就高潮了。

白色濃稠的液體灑落在兩人身上，信三的呼吸紊亂起來，氤氳婆娑地盯著櫻庭愛生。

「引誘你？我應該只允許你的舌頭伸進來，而不是你的……」再怎麼前衛大膽，此時此刻信三忍不住困窘地別過臉，在他身體裡的性器惡作劇般地無預警抽出，接著猛烈直抵最裡面，淫亂墮落的交合聲，為寧靜的深夜增添狂亂的氛圍。

「我的什麼？見到你每分每秒都使我把持不住，宛如性上癮患者一樣，對你，我從未有滿足的一刻。」帶著戲謔的笑意，櫻庭愛生煽情的喘氣音，使信三已經解放而頹靡的分身重新振作起來，這個自視甚高的獵奇作家，很是寵溺地用手撫慰血脈賁張的陽具，既不急躁地挑逗，也非溫吞地操弄，讓信三渙散的慾望層層堆疊起來。

渴求著更多疼愛般，肉壁緊緊絞著粗大的性器不放，每次來回抽插皆讓信三的身體湧上放蕩的燥熱，再加上前端被櫻庭愛生愛撫下即將蓄勢待發，甜膩到無所適從的性愛快樂，終於讓他放下自尊，恬不知恥地發出嘆息聲。

「唔……」不過是短促且毫無意義的聲響，卻催化櫻庭愛生更為猖狂的占有欲，盤踞體內放縱肆虐的性器，猶如要擊潰理智般，撞擊在內壁的痛楚迫使信三幾乎要流下眼淚，但痛苦昇華的快感卻又掏空思緒，帶領他到無邊無界的情慾巔峰。

「動物性交不分場合，若是可以，我多想在眾目睽睽下撕開你的衣服，讓所有人都知道我對你的執著有多深。」吸吮著信三側頸，並留下深紅印記的同時，櫻庭愛生加快了衝刺速度，原就不堪一擊的道德堤坊幾乎崩解得煙消雲散，信三主動抬高下半身貪婪地迎合櫻庭愛生肆無忌憚的索求。

「……變態。」軟弱無骨地說出這兩字，被滾燙慾望驅使的信三抱住櫻庭愛生，放下所有矜持地吻著薄唇，火熱的舌頭淫亂交纏，汗如雨下的兩副軀體貼合在一起，兩人像是這瞬間才完整。

感覺櫻庭愛生瀕臨極限時，信三用手指溫柔撩開他濕潤的黑髮低語著。

「我愛你。」

櫻庭愛生沒有給予任何口頭上的回應，只是與信三接吻，將灼熱的精液毫無保留地射進他的體內，彷彿這就是櫻庭愛生的答案。

但是看見那雙漆黑的眼眸，愛慾撩亂過後充斥在信三心裡，僅有揮之不去的空虛。

打從先前櫻庭愛生說出「我也愛你」，換來的是他無可奈何的苦笑時，那個人就明白了不論說多少次，他都不會信以為真。

從此以後，信三再也沒從櫻庭愛生的口中聽到那個字。

「我外出的這段時間，你遇上了什麼麻煩？」

拿毛巾輕巧地擦乾信三的頭髮，再抹上木質香護髮乳，儘管等一下便要就寢，櫻庭愛生還是很仔細地將信三的頭髮整理好。

「怎麼沒有猜說是因為我想念你？」信三注意到電子時鐘上的時間，凌晨四點五十分，方才在浴室被櫻庭愛生不安分地騷擾，花了近半小時才出來，一路折騰到現在已經連補眠的力氣也沒有了。

「據我所知，你不是這麼浪漫的人。」清楚信三的習性，櫻庭愛生熟稔地將床單與棉被換新。

——讓你失望了，我就是這麼浪漫的人。

信三暗自想著。但現在不是跟櫻庭愛生爭論感性與否的時候，他從抽屜裡拿出工藝博物館導覽冊，將之交給櫻庭愛生。

「最近發生一些怪事，也許你有這方面的線索。這是工藝博物館推出的古埃及特展簡介，先看看吧。」

櫻庭愛生不發一語翻開博物館簡介，仔細閱覽每個項目後，將視線停駐在創世神亞圖姆的黃昏生祭上。

「你也留意到那口黑色棺木了嗎？」信三從櫃子拿出今天上班要穿的衣服，仔細用熨斗把襯衫整燙好，事實上只要長時間外出，他都會很講究地打理服裝。

「與公司後輩一起去看展覽時，我在這口黑色棺木附近聽到笑聲，但旁邊除了我之外沒有其他人，本來以為是我多心了，但昨天在街上又聽到一模一樣的聲音。」

「關於黑棺的事，你瞭解多少？」將簡介還給信三，櫻庭愛生看到他勤奮專注的模樣便瞭解信三沒打算躺床休息，同居半年多，櫻庭愛生明白戀人不是普通的一板一眼，生活按部就班，自制力高，又特別有耐心，或許是因為如此，信三才能對他出遠門如此多天，始終反應很冷淡。

「不多，但我得到一些有趣的資訊。」信三將入睡前列印出來的資料遞給櫻庭愛生，「黑眷村，你聽過嗎？」

「沒有。」櫻庭愛生看過資料後，若有所思地望向信三，「我還是第一次知道現在還有地方保留活人獻祭的習俗，不過，這只是自以為是的想法，新幾內亞一些未接觸部落[2]，甚至還有食人傳統，他們吃食家族成員死去的屍體，並相信靈魂能與活人融為一體。事實上我是從東北部開車回來途中聽廣播才知道，世上有些地方仍過著石器時代的生活，這證明我所瞭解的事情還不夠多。」

信三微微一愣，隨後露出釋懷的淺笑，「難得看到你自省的模樣，突然覺得你變可愛了。」

「在說什麼……」櫻庭愛生不自在地將資料放在桌上，「只是感嘆你所提的黑眷村我一無所知，包括黃昏生祭也是，各文明歷史上確實有人祭

注釋——

2—未接觸部落：指的是沒有與現代文明接觸的原始部落，他們可能還過著石器時代的生活，由於沒有疾病抵抗力，因此外界的流感病毒對他們來說有致命危險。

的現象，但是把人活生生裝進棺材裡這倒是第一次聽說，中國最常使用的方法是殉葬，蘇美或者巴比倫則有放火燒死嬰兒用來祭祀古神的習慣。」

「所以在這之前你不曉得把人塞進棺材的生祭方式嗎？」

「前所未聞。既然你確定笑聲並非幻覺，那就有一探究竟的必要，我今天會去博物館一趟，有什麼發現我再傳手機訊息告訴你。」

櫻庭愛生起身準備去開放式廚房料理早餐，「今天就由我來下廚吧，鮮蔬蘑菇歐姆蛋，再來一杯阿薩姆熱奶茶如何？」

「都可以。」信三小心將熨斗放在陰涼的地方，他對吃這方面完全不講究，今天就算櫻庭愛生隨便弄個生菜沙拉他也沒有意見。

信三接著說道：「見到你之後我一直在想一件事，我是不是太小題大作了？」

「什麼意思？」

「我應該有能力處理這件事，或者是，放著不管搞不好也不會出什麼問題。」

——只是想見你而已，我對從棺材發出來的笑聲並沒有在意到哪裡去。

信三低下頭緩緩扣上釦子，打算不著痕跡掩藏思緒時，卻發現眼前光影黯淡下來，他抬頭一看，櫻庭愛生不知何時和他距離只有短短幾公分。

這名給人孤高冷酷印象的青年為他整理衣領，動作輕柔得不可思議。

「只要是有關你的事，無論多渺小我都想知道。」

僅僅是這般簡短的一段話，信三突然覺得之前的不安與憂慮都是多餘。

這個人正試圖全盤瞭解他，如果不是太過仇恨，就是相當癡情。

他再也不想質疑櫻庭愛生的情感，不論這是怎樣灰暗的一個人。

用完早餐也看過晨間新聞後，信三搭櫻庭愛生的車到公司附近，下車徒步前往大廳搭電梯時遇到高富帥後輩。

「早安，信三先生，我方才有看到黑色的奧斯頓馬丁旗艦跑車，外型雖然低調但開車技術也真夠搶眼拉風，跟上次那臺路特斯是截然不同的風格。話說櫻庭愛生終於取材回來了嗎？」

信三暗自嘆氣。一語雙關明褒櫻庭愛生華麗炫技的駕駛技巧，暗貶人家收藏的跑車太多，老樣子，嘴巴從大白天開始就這麼伶牙俐齒，難怪可以把旗下一些不食人間煙火的作者耍得一唬一愣。

上一句「按照目前你喜歡的類型來看，恐怕無法在銷售上得到令人滿意的數字」，下一句「但是寫作風格很有個人特色，或許可以吸引小眾或另類的讀者，只是長遠之計建議還是先從普遍大眾樂見的故事下手」，上下段合起來的意思就是「與其寫些不入流的東西，不如從取悅大部分人的故事開始」。

但編輯自然不能赤裸裸地把現實利刃直接插在作者身上，要知道創作者十之八九都堅持己見且內心玻璃，所以怎麼向作者表達意見就需要一點言語藝術。若是雙方已有一定共識，就能省去商業花招直接一句「這故事沒意外不會賣，與其相信運氣不如相信人性，你換個題材寫好了」，信三記得上禮拜高富帥拿著電話斬釘截鐵跟某位胸懷壯志但運氣極差的作者說：「出了幾本穿越女強文，被許多讀者嫌棄沒情感、沒鋪陳、沒劇情、不對味，唯一可取的地方就是未成年不宜的情節描寫，也只有這部份端得上檯面。女性讀者的優勢就是衝動購買欲是男性的五倍以上，但相對也比男性讀者更加不容易討好。如果厭倦競爭激烈的女性市場，不如朝男性向邁進，好好發揮你活靈活現描述高尺度情色的魅力，相信任何一位購書人的閱讀心得，都是感謝大大無私奉獻。」

穿越女強文跟十八禁男性向之間的差別，簡直是喜馬拉雅山跟科羅拉多大峽谷，居然將作者推入火坑，簡直逼良為娼。

但信三不會介入高富帥是怎麼跟作者溝通，就以不擇手段、無視職業道德這兩點來說，他都比高富帥可惡許多，畢竟後輩還沒有將作者引誘到床上去的醜聞。

「今天凌晨回來。」和高富帥一同踏入電梯，可能是空調相當舒適，信三感到微微倦意。

「凌晨幾點？」意外的高富帥繼續在這個話題上打轉。

「四點吧。」其實比這個時間還早，信三估計大約是三點四十幾分。

「前輩的體力真好。」高富帥臉上掛著不懷好意的表情，「從四點就醒到現在，是我的話早就跟公司請假一個上午。」

信三疑惑地望向高富帥，只見對方意有所指地回應：「沐浴乳和洗髮精露餡了。」

原來如此，看來不只話術高超，連嗅覺也很靈敏。信三不以為意地來到座位，花了十五分鐘把桌面還有地板打掃得一塵不染後，這才打開電腦螢幕開始工作。

「對了，信三先生，關於黑色棺材我有找到一些資料，東南部有個離群索居的村莊，叫黑眷村，近五年有觀光業者看上該地區豐富的天然溫泉，所以與當地居民合作，給予就業機會但村莊必須大開門戶。」高富帥把椅子轉向信三，邊吃著油條飯糰邊說：「那個村莊外圍有不少黑棺，聽說裡頭裝的全是死人的屍骸，說不定櫻庭愛生會有興趣。」

「你是否還有黑眷村其他消息？」

「為了刺激人潮，觀光業者曾寄許多招待券給民眾，因此每個月前去朝聖的人不少，風景優美還特別有話題，一些血氣方剛的年輕人很喜歡對黑眷村外圍的棺材下手。」

信三不置可否地笑了幾聲，「開棺驗屍？有得逞嗎？」

「那些棺材不是普通構造，它裡頭有繁複的機關，致使打開得靠十幾、二十個人使出渾身解數才能開啟，再加上棺材本身有一半埋入土中，好事分子確實可以煞費心思地挖出來，或者直接拿斧頭破壞棺材，但據我所知，目前沒人挑戰成功。」兩三下把飯糰吃完，高富帥下一個目標是鮪魚蛋三明治，「不過那些年輕氣盛的小伙子們也沒能安然全身而退。」

「什麼意思？」信三謹慎問著。

「蓄意破壞黑眷村外圍墳墓的事再怎麼遮遮掩掩，也會被村民調查得水落石出，那些年輕人被黑眷村驅逐後其實也沒回家。」喝了豆漿再吃幾口三明治，高富帥將列印出來的報章內容給信三看，「正確來說，應該算是人口失蹤。」

信三不發一語地將報章內容看過一遍，由於不是什麼重大新聞因此篇幅不多，大致說著幾名去黑眷村旅遊的青年下落不明，他們公然毀壞村內重要資產，在失蹤前就被強制要求離開。

「事實上在黑眷村失蹤的人不少，初步估計有二十幾個人，真想知道那些人去哪裡了。」高富帥饒富興味地望向信三，「隱世神祕的村莊，在過去有著將屍體放入黑色棺材裡直直埋入泥土中的習俗，然而這只是對外說法，也許他們也曾經將活人放進去也說不定。這跟先前在博物館看到的黃昏生祭有異曲同工之妙，前輩難道不想揭開黑棺的祕密嗎？」

不單單是喜歡將作者推入火坑，就連同事也不放過，淨是介紹安全堪憂的景點，後輩的惡趣味真的是……信三盯著手上的剪報。本來就打算造訪黑眷村，現在又多了非去不可的理由，為了答謝高富帥的推波助瀾，是否該推薦幾個曾經鬧鬼的溫泉旅館給他？

「這份剪報可以給我嗎？」信三問著。

「沒問題，儘管拿去吧。」

「說到這個，和戀人去旅行的感想如何？」把剪報放進記事本裡，信三一派輕鬆打開這個月的工作行程表，「還有幾間值得體驗的溫泉旅店，百年傳承下來的建築工藝與樸實禪意的花苑庭園，不看可惜。」

聞言，高富帥傷腦筋地隻手撐頭，用眼角餘光瞄向信三。

「前輩啊。」接著還重重嘆了一口氣，充滿許多不為人知的無奈，「有的時候，我深深覺得你是個非常缺德的人。」

——同感，但論缺德，你也不遑多讓。

信三不動聲色地回覆作者寄來的電子郵件，「怎麼說？」

「上次去了前輩建議的溫泉旅館，親愛的女友跟我說她睡不好，總是在快入眠時聽到男女交雜的慘叫聲，偏偏我什麼也沒聽到。離開旅館後我調查底細才知道，原來那裡在八十年前發生過凶殺案。」高富帥的眼神頓時幽怨了起來，「有傳言一些驚悚小說家為了感受恐怖的層次，特地搬到慘案地點附近或者乾脆去墓園小住幾晚，但從未聽說編輯也需要犧牲到這種地步，前輩真的不需要恩賜我這個機會。」

「這麼難能可貴的經驗，你可以分享給作者，他們聽到一定很開心。」或者該這麼說，他們聽到那位毒舌嘴巴壞又擅長捉弄別人的編輯也有撞鬼的經歷，肯定心裡很安慰。

「遺憾，其實我跟前輩一樣，對妖魔鬼怪沒什麼太大的反應，純粹是替楚楚可憐的女友抱不平而已。」

「你們有換地方睡嗎？」

「撇除凶殺案不談，那間旅館確實舒適高級，反正女友也只是說有雜音，我們開始聊天，幾分鐘她就睡著了。」

什麼鍋配什麼蓋。事實上高富帥提及旅館一事，信三剛開始還暗自反省所作所為是不是太超過，結果一路聽下來，他內心已經連一點歉意也沒有了。普通人聽到慘叫聲根本不會這麼平淡，機靈一點的人早就拿起智慧型手機搜尋旅館不可告人的過去，或者找找看房間裡有沒有貼符咒等蛛絲馬跡，這兩人居然還能一覺到天亮，可見高富帥的女友絕非普通人。

發了幾句牢騷，高富帥很有本事轉到風馬牛不相干的話題，「午餐有什麼打算？」

通常高富帥會這麼問，代表他有想吃的餐廳，不然都是訂便當了事。儘管信三在飲食方面並不講究，但他的舌頭還是能分出食物的好跟壞，譬如說，櫻庭愛生的廚藝絕對能稱得上精湛，又例如高富帥很偏愛味道濃郁的料理。

「你決定吧。」信三淡淡回應。

「我想帶前輩去吃一家義大利麵，離公司不遠，腳程快的話十五分鐘就能抵達。」高富帥還想多說些什麼，但辦公桌的電話響起，他匆匆撂下一句：「美味絕對不會讓前輩失望的，我先接來電。」

接著便一手扠腰、一手持著話筒，開頭就是：「現在才打來，你身為作家的責任感終於覺醒了嗎？說說看你打算什麼時候交稿。」這樣的開場白，華麗地榮登出版社每個月累計下來最常用到的問候語第一名，其次是「我在開會等等回覆你」、「對封面構圖有何想法」。

櫻庭愛生這個作家固然棘手，就以相處層面來說，寡言傲慢冷淡這些性格十之八九都會讓人感到挫折，但按時交稿很少拖延這點，難得可貴到簡直是作家行列的稀有種。

不知為何，信三想起幾個月前在網站上看到讀者的發言，討論櫻庭愛生近年來風格轉換，他對其中一句話印象深刻：過去作品不近人情且自我中心，近期漸漸朝人性與精神面發展，會有這樣的改變，應該是戀愛了吧。

神邏輯。但不能說有錯，雖然戀愛影響人最大的兩件事就是時間跟金錢，除此之外的影響層面都很小。

櫻庭愛生這傢伙恐怕意識到現在這份情感取得不易，因此最近出版的小說收斂許多，再也不隨便讓主角被大卸八塊後死去，像是——生長在幸福富裕家庭中的少年，意外得知父母經營地下兒童色情交易，販賣未成年給家財萬貫的富豪當作收藏品，瞭解父母的行徑無比卑劣，少年離家出走，並遇見某位男性願意收留無處可去的他。對社會黑暗面還未徹底領悟的少年接受男性的好意，卻沒想到等待他的是性奴隸一般的生活。

男性時常參與私人沙龍聚會，在聚會裡，許多事業有成的人會分享性奴隸調教或者寵物交換，少年以為他只是男性手中的商品，沒想到他在男性心目中的地位是——《金魚》。

小說裡完全沒說明男性為何對少年這麼執著，也沒有提到少年對男性抱持何種情感，所有角色的行為與心境只能由讀者自行揣測。有別於過去的作品時不時提到「喜歡」和「愛」，在這本小說裡面幾乎看不到這些字眼。

即使如此，信三是頭一次在櫻庭愛生的小說裡感受這樣的氛圍，純愛。

男性對少年一見鍾情，儘管手段骯髒下流，卻是他對少年最純粹的情感。但是將這種偏執放在現實生活，只怕沒多少人樂於接受。

不論是小說人物還是作者，得到感情的方式，始終只會掠奪。

將工作告一段落，高富帥與信三徒步走去義大利餐廳。

午休時間車水馬龍，炙熱的日光不留餘力灼燒地面，人行道湧入大量人潮，汽機車喇叭聲不絕於耳，增添都市繁華與煩躁。

出版社位於繁華地段，交通與生活機能便利，附近有大型百貨公司與各式各樣的商業圈，富有特色的異國餐廳也不少，除了擁擠以外無可挑剔。

為了工作不得不在人口密集的區域定居，信三花了很長的時間去調適，原本面對紛至沓來的人群會感到心煩氣躁，現在已經處之泰然。

唯一無法習慣的就是身旁的後輩是個喜歡邊走路邊滑手機的傢伙，為了不讓他撞上別人，信三只得拉著他前往目的地。

可喜可賀的是，這貨不是每次過馬路都在看螢幕，高富帥似乎秉持「收到信件和簡訊要立即回覆，這是職業美德」這種奇怪的信念，因此只要有訊息傳送進來，撇除睡覺、上廁所、開會這三件事以外，他都會馬上點閱回信。

不過即便做到這種地步，對公司其他同仁來說，票選工作狂第一名的人選妥妥穩穩的是信三。兼具知性與理性（對，沒有感性），無論作家的要求再怎麼天馬行空都能心平氣和，交出來的作品雜亂無章沒有頭緒也不大動肝火，總是能給予中肯有用的建議，對每位作者的每部小說都能一視同仁，時時刻刻注意世界潮流與動向，增廣見聞吸收不同領域的新知，以便提供給作者參考，效率能力眼光無懈可擊。

真要從中找出敗筆，那就是，外表斯文，可內心不折不扣是個渾蛋。

好比某次看完高富帥的作者寄來的稿件，上進的後輩詢問信三有什麼想法，這位辦事迅速絕不拖泥帶水的優秀前輩只說一句「要求內容言之有物對他來說太困難，請他先從充實自己開始」，高富帥瞭然於心地點了點頭，並且一言以蔽之交代感想「劇情並不吸引人」。

不，問題沒有這麼簡單。信三著手工作之餘想著該怎麼回應後輩。劇情毫無魅力這幾個字實在委婉到模糊焦點，確切來說是資源回收、可燃與不可燃垃圾以外的分類，不是指廚餘，這樣的題材與內容可能連雜食性的粉紅豬都吃不下去，說穿了對方根本不該試圖當個小說作者，這世上還有很多職業，不要挑選自己無能為力的道路走。想這麼多，最後他對高富帥做下結論，「我相信有比作家更適合他的職業。」

高富帥目瞪口呆了三秒，這才回神補上心得，「前輩你這句殺傷力簡直是核彈等級，我覺得你一定是在心裡面想了很多不堪入目的評價，才會給出這麼強而有力的結語。」

完全正確。信三暗自給予稱讚。

「前輩也是個難以捉摸的人，不知道是不是我的錯覺，我認為前輩的表面越是風平浪靜，內心就越是混濁黑暗，看來我得好好注意前輩臉上的表情了。」為了豐富人生而跑來當出版社編輯的珠寶店小開如是說。

從此他在高富帥心目中有「信三先生雖然文質彬彬，意外地也有扭曲的一面」這種描述。他覺得後輩肯定是誤解了什麼……

兩人的腳步停在大街上等待紅綠燈，高富帥還在看郵件，信三則想著櫻庭愛生去博物館會帶來什麼結果。

熱氣瀰漫彷彿都能將皮膚上的細汗揮發蒸騰，也許是酷熱天氣作祟，信三對將近一分半的等待漸漸有些不耐煩，把目光移到周圍大樓的電子看板播放的廣告時，他看見對面有個熟悉的身影。

穿著淺灰色西裝，頭髮仔細梳整給人乾爽的印象，在高溫到令人暈眩的季節裡，總是能不慌不忙拿起手帕擦拭臉上的沙塵，不被心浮氣躁的環境影響，從容不迫地屹立在人群中。

「爸爸！」

他不會錯認，那個人確實是過世七年的父親，那神色自若、恬靜沉著的形影，他不可能忘掉。

信三不顧前方來往奔馳的車輛，闊別七年他再次見到親人，有許多話、有許多事他好想對那個人說。他急促地向對面邁進。

「前輩等等！」高富帥危急之際連忙拉住信三，免得他被疾駛而過的車子撵過，「你在做什麼？現在可是紅燈。」

信三被高富帥猛然拉扯這才冷靜一些，他抬起頭想搜尋父親的身影，匪夷所思的是另一端已經沒有他熟悉的身影。在那瞬間，悵然若失的情緒滿溢胸口，猶如在這一刻他才失去摯愛的人。

由於信三的舉動稍稍擾亂交通，連帶周圍等待的人紛紛有了騷動，「這個人怎麼搞的」、「幸好沒事」此起彼落的聲音傳進高富帥耳裡，他趕緊說了幾句對不起，便把信三扶到鄰近的超商騎樓座椅休息。

「這麼失常的樣子還是第一次看到，信三先生，你還好嗎？」高富帥擔憂問著。

信三低著頭沉默不語。

他沒有看錯，那個人確實是父親，照常理來說已經過世七年的死人，是不可能在大白天現身，當然就算是深夜也一樣。

為何父親會出現在哪裡？有太多不明白盤據腦海。

「讓你掛心了，抱歉，我方才似乎認錯人。」信三擰了擰眉頭想著前幾分鐘一連串的經過。父親出現在他眼前，這不是幻覺，宛如七年前他還在世時稀鬆平常的模樣，一成不變的神色與舉止，每個細節都讓人懷念。

「前輩熱昏頭了？」高富帥笑了笑，「我請你喝一杯桑葚果茶吧，等會兒要去吃的那家餐廳，料理絕對真材實料，尤其是桑葚果茶，絕對能讓你回味再三。」

都親眼見到前輩神志不清地打算闖紅燈，還能對義大利餐廳如此堅持，看來這廝真的想去那家店用餐。信三不著痕跡地露出苦笑，「我沒有大礙，走吧。」

要起身的時候，他這才注意到椅子旁邊不知什麼時候放上一束花，全黑的花朵，外觀與百合極為相似。

「這是……」信三將花拾起，疑惑地看著渾然天成的黑色花瓣，剎那間一股惡寒從背脊延伸到後腦。

「黑月，聽說是自然界裡僅有的黑色植物。」高富帥冷不防地湊近觀察，「如果我沒記錯的話，這種花只能在黑眷村看到，但現在不是它的花期，真讓人納悶。」

信三屏息凝視這朵妖異的黑色百合，黃昏生祭、黑色棺木、下落不明的觀光客，冥冥之中好像有什麼不可預測的誘惑正引導著他前去摸索。

那陣清脆如銅鈴搖曳的笑聲，又再次於他耳邊響起。

第四章

蒼白月光下囚徒呢喃

第四章

蒼白月光下囚徒呢喃

櫻庭愛生在下午傳了簡訊給信三。

兩人相約晚上七點在一家北歐工業風格的咖啡廳見面。

相比信三偏愛老舊公寓改建的簡餐店，櫻庭愛生似乎喜歡冷硬灰色派的風格。下班後一踏入店內聽到的是鋼琴演奏的Gloomy Sunday（憂鬱星期天），信三複雜的心情更加沉重起來。這首歌因絕望負面的情緒引來多數人自盡，而有匈牙利自殺名曲這麼不名譽的稱呼，話雖如此，公開演唱這首歌的人不在少數，甚至以這首歌為題材拍攝了電影。

雖然是平常日，這家店依舊有八成滿，信三往裡面探頭，很快就找到櫻庭愛生。

他坐在不起眼的角落處翻閱菜單，暗紅色

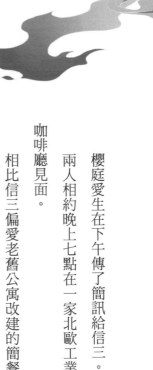

斑駁掉漆的沙發椅，搭配他冷若冰霜的氣質，有種說不出的頹廢感，就以旁人的眼光來看，櫻庭愛生儘管外型出眾，卻不是個能夠親近攀談的對象。

「抱歉讓你久等了。」信三選了櫻庭愛生對面的位置坐下來。

「我也才剛來而已。這家店的北歐燻鮭魚蕎麥餅很不錯，要吃看看嗎？」恐怕是察覺信三不想花心思去研究菜單，櫻庭愛生體貼地給出建議，「再搭配一杯愛爾蘭咖啡，應該能消除一天下來的工作疲勞。」

「就這麼辦。」櫻庭愛生和服務人員點菜時，信三將手機轉成震動，他不想要用餐的時候還被閒雜人等打擾，今天下午公司內部召開會議，討論年底與明年的方針，感覺上全體充滿銳不可擋的幹勁，但市場動向千變萬化，於是主管在會議結束後語重心長表示要有計劃一改再改的心理準備。

人生不過如此。

就像他決定好中餐要吃青醬口味的義大利麵，卻在路途中遇到疑似父親的人，以及不該在這個時節出現的黑月，都讓他沒心情到午餐只靠一杯桑葚果茶打發完畢。

拜此所賜，下午會議根本是掐著肚子避免發出任何飢腸轆轆的聲音，忍痛開完。

拖著毫無氣力的身軀來到咖啡廳，還能雲淡風輕地和櫻庭愛生談話，信三頓時覺得自己的自尊心和意志力不是普通的頑強。

笑容可掬的服務小姐離開後，信三從背包裡拿出一只盒子放在櫻庭愛生面前，「打開它吧。」

櫻庭愛生不以為意地將盒蓋掀起，他不認為信三把禮物放在裡面打算給個驚喜，依照信三吹毛求疵、一板一眼的個性，這只盒子過於單調乏味，拿來送人未免禮數不周，況且這人不怎麼會挑禮品。

新年期間信三送了一瓶紅酒，1982 年法國波爾多皮瓊拉蘭出產，想必是看百大紅酒介紹之類的文章慫恿才買下來的吧。在這之前信三並不曉得櫻庭愛生對紅酒沒什麼興趣，他對調酒深入鑽研，除此之外白蘭地、威士忌等烈酒也是他青睞的目標，但櫻庭愛生對紅酒的想法就只有燉牛肉而已……儘管把皮瓊拉蘭的紅酒拿來做料理確實暴殄天物，可惜最終這瓶酒下場就是與牛臀肉合為一體，與奶油馬鈴薯泥一起成為晚餐的佳餚。

從此以後，信三沒再送櫻庭愛生所謂的禮物。

逢年過節就是一同吃飯，逛逛書店，看電影，沒了。

盒子裡面靜靜躺著一朵黑色百合花，櫻庭愛生默不作聲地拾起來細看，最後微微皺著眉輕聲開口：「黑月，你是怎麼得到它？」

「透過離奇無比的方式。」信三嘆了一口氣，將今天中午發生的事講給櫻庭愛生聽。

這位獵奇作家聽完曲折的過程後，感想是：「我去博物館看創世神的黃昏生祭，沒有發現異樣，不知道目前你是出於什麼原因被奇怪的東西糾纏，保險起見，和我去一趟黑眷村如何？」

信三還以為他會說出「是個題材」這種職業病發言，不，這傢伙喜歡的題材才沒有這麼平易近人，比起亡靈、幽魂、殭屍，櫻庭愛生對人格異常或者心理變態比較情有獨鍾。意外的是，櫻庭愛生也會用「被奇怪的東西糾纏上」那麼親民的說詞，既然都知道他被某種神奇的力量盯上，正確做法不該是搜尋有名的道士和法師嗎……還是別了，光想就覺得不切實際，果然還是老老實實地去黑眷村當觀光客還有用一些。

「五天四夜的黑眷村之旅，坐火車出發到東南部，距離村莊一千五百公尺處還有一座規模不小的原生植物林，倘若在黑眷村一無所獲，還能去植物林走走，你覺得呢？」

服務生小心翼翼地將餐點送上，信三顧及旁邊都有人用餐，只得壓低聲音說話，「六月中前往或許能看到大片黑月花，當作是去欣賞獨特景色也頗具意義。」

「對我來說，這趟旅行的意義就是找出奇怪東西糾纏你的原因，光是讓你看到伯父的身影就無法原諒。」

櫻庭愛生頭也不抬，吃著海鮮香草蕎麥餅，沒看見信三無奈的神色。

「怎麼突然嚴厲起來？」他問著。

「伯父對你來說非常重要對吧，恣意讓人看到已成回憶的對象，這樣的惡作劇太超過。」櫻庭愛生平靜地回應。

咖啡廳傳來悠揚的鋼琴聲，不時能聽到餐具碰撞瓷盤以及冰塊碰撞玻璃杯的輕響，男男女女低語交談的吵鬧，空氣裡飄盪的各種氣味，本該是擁擠的城市一隅，信三卻在此時孤獨了起來。

他從頭到尾都沒有提到「父親毫無預警地現身讓我很痛苦」這種話。對櫻庭愛生來說，不論那個奇怪且該死的東西到底打什麼如意算盤，讓他看到已死之人的樣貌就足以下十九層地獄，理由並不是「這種惡作劇實在太過份」，而是「如此一來，他就會花更多時間去想過世七年的父親，那些時間與思念本該是屬於我的」。僅此而已。

胃口在此時被消磨大半。

信三不發一語地拿叉子翻弄色香味俱全的北歐燻鮭魚，但是直到離開咖啡店之前，他都沒有將料理吃完。

《怪譚殘卷》，作者是位民俗學者，十年前透過一家小型出版社販售，很快就絕版了，目前要在市面上找到這本書比登天還難。書裡面介紹許多鮮少人知的民俗文化，譬如古代招魂路線與降頭養小鬼的方式，並非憑空捏造，而是精確記錄過程與注意事項，把它當作工具書看待也很適宜。其中一篇提到黑眷村，除了解釋來由以外，還仔細交代這個神祕村莊製作黑棺的原因，我手邊正巧有這本書，不知道信三先生是否有興趣？

收到這封電子郵件後，信三飛快和博物館導覽男性約定碰面的時間和地點，他和櫻庭愛生決定從兩個方向下手，他調查黑眷村，而櫻庭愛生負責蒐集黃昏生祭的資料。

他已經訂好車票和飯店，但也不能一知半解就前往那個地方，如果能在出發前就掌握一些資訊那就再好不過了。

那名男性和他約定在午休時於市區一家私人美術館見面，事實上如果不是男性引薦，信三恐怕還不知道有這種私人收藏的展覽館。

碰面的地方離公司沒有很遠，搭捷運只要兩站就到了，出站直直往前走便能抵達目的地。先前就有聽說這個區域很多藝文空間，平常沒有什麼機會來這裡，信三不免放慢腳步，欣賞每家店的櫥窗擺設，最後他停步在一棵樹前。

是茄苳，外型巨大高壯，在人行道或庭院都很常見。

信三那瞬間想起老家社區公園裡那樹齡聽說有兩百年以上的秋風[3]，只是眼前綠葉茂密的巨樹，與他所認知的茄苳有些落差。大樹的枝幹被網狀氣根緊密包圍，被日光所照射的地方除了茄苳的新芽嫩葉外，還有宛如蠟燭一般的花苞。

「絞殺榕。」一男性走了過來，順著信三的目光抬頭看著大片綠蔭。

「透過飛禽的排泄物將種子依附在寄樹上，接著形成網狀氣根伸入土壤吸收養分，而依附在寄樹上的氣根則緊緊纏繞剝奪寄樹的生存空間，被氣根包圍的寄樹缺乏營養之下，逐漸腐爛敗壞死亡，這就是絞殺的過程。」

注釋——

3｜秋風：茄苳的別名。

留意到信三困惑的表情，男性笑了笑。

「依附在這棵茄苳上的是雀榕，絞殺植物裡榕屬占多數，因此有絞殺榕這樣的稱呼。」介紹完生存策略獨特的植物，男性比了比附近一棟鐵灰色樓房，「既然來了，不妨到裡面走走吧，免費參觀，雖然不像美國洛杉磯蓋蒂中心那般有聲有色，但在私人收藏領域也占有一席之地。」

可能是信三先前就在信裡表示他今天下午放假，男性才會無後顧之憂地提出邀請，不然逛展覽同時還要顧忌時間，實在太煞風景。

跟隨男性的腳步踏入私人美術館，迎面而來不是什麼梵谷、達文西或貝尼尼，相反的，陳列出來的美術品大多名不見經傳，像是古斯塔夫多雷的作品，這位歐洲聞名的畫家曾經幫但丁的《神曲》繪製插畫。

美術館樓梯採鏤空設計，頗有十九世紀獨特的風味。即使美術館的空間設計流瀉時尚感，還是能在細微處看到工業革命時期的美感走向。

不只是擺設名畫，美術館有個區域展示古蹟建築的遺骸，比如被拿破崙破壞之前德國舊天鵝堡騎士大廳裡的部分壁畫、十三世紀英國皇家動物園倫敦塔鑲上寶石的雕刻，最讓信三目不轉睛的，是巴別塔牆上的裝飾品。

西元前一千五百多年，位於現今伊拉克首都巴格達以南八十里處，曾有一座雄偉壯觀的高塔，據說建造巴別塔的理由是為了跟上帝宣戰，至少聖經是這麼敘述。無論當時跟上帝有多交惡，如今巴格達這個地方在古代波斯語的意思是「神的恩賜」。

「這是……」由於信三沒親眼見過巴別塔，無法確定真偽，雖然西元一千年前的事物照理來說很難保存到現在，但也不能一口咬定美術館收藏的是偽物。

「巴別在希伯來語中指的是變亂，很符合挑戰神的名號，信三先生會對這個建築裝飾品另眼相待，莫非是在猜想它真正的來源出處嗎？」男性一派輕鬆地看向信三，「事實上我也很難斷定這個裝飾品是否的確出自於巴別塔，不過若萬一是真品就太耐人尋味了。說到這個，我發覺信三先生似乎很喜歡思考事物的本質，你對埃及黃昏生祭抱持的疑問擴大到黑眷村，進而想瞭解更多關於黑棺的事，我著實佩服你的毅力。」

不是毅力，任何一個被詭異笑聲纏上的人十之八九都會為自己的人身安全與日常生活尋找出路，尤其是大白天還遇見亡魂顯靈的時候，恐怕恨不得把知名的東方道士和西方除魔師認識透徹。

信三暗自深吸一口氣，算算時間，他差不多該去跟櫻庭愛生會合，那傢伙也很積極調查黑眷村的事，雖然信三有時覺得調查方向應該修正為「如何解決靈異事件」。

「我對民俗有些興趣，所幸最近時間也算充裕，可以接觸形形色色的文化。」走出私人美術館，信三再度看見那棵被雀榕一點一滴絞殺的茄苳，被隨機挑選作為養分和肥料的寄樹，不知不覺全身已被侵蝕得體無完膚，最終在絞殺榕的懷抱下死去，連痛苦與掙扎都感覺不到，完全是盲目癡情的寫照。

好比他跟櫻庭愛生。

只是誰是寄樹，誰是絞殺榕，到這個地步已經很難區分。

「這是在信中提到的《怪譚殘卷》，信三先生看完再還給我就可以了。」

男性將一只黑色防塵袋給他，「十年前的舊書多少都有裝訂破損的情況，在翻閱時希望能注意一下。」

「明白。」最糟糕的情形就是邊翻邊掉頁，但不打緊，作為出版社編輯，什麼狀況惡劣的書他都見過。

「萍水相逢，你居然幫助我這麼多，我很感謝你。」

「請別放在心上，那麼我就先走了。」男性露出好看的微笑便開車離去。

時間還很充裕，信三等待櫻庭愛生時去超商買了一杯冰拿鐵，就坐在商店提供的休息區翻看《怪譚殘卷》。雖然不清楚作者為何要鉅細靡遺地將養小鬼或者如何下降頭的方式詳細說明，一般人看到這些內容八成認為憑空杜撰的成分居多，但是如果對民間傳說有一定瞭解，不難發現書中內容危險的真實性。

有些作者在架構劇情時喜歡虛實參半，信三曾看過一本小說描寫拉斐爾聖齊奧年幼時與費迪南公爵瘋癲真摯的情感，拉斐爾的父親是費迪南公爵的宮廷畫家，耳濡目染下他三四歲開始就喜歡在畫布上隨意描繪形形色色的事物，才氣煥發受到費迪南賞識。

然而封閉年代與尊貴地位不允許同性戀愛，拉斐爾離開故鄉前往文藝復興誕生地佛羅倫斯，像是要忘卻公爵般，年輕的拉斐爾擁有眾多情婦。三十七歲那年拉斐爾生了重病，在瀕死之際他希望能再見公爵一面，那時待在威尼斯的公爵連夜趕來探望他，十五天後，這位義大利著名畫家與世長辭。

認真考究史實的話，拉斐爾的父親確實是某位公爵的宮廷畫家，但該公爵是否名為費迪南還是個謎，儘管拉斐爾在死前一直未婚單身，然而他似乎跟同性男士沒有什麼緋聞。

這本《怪譚殘卷》是以小說的形式介紹民間異聞，不加入一丁點推測跟捏造的元素，對閱讀的人誠實以告，這種手法頗為少見。翻閱下來，信三除了訝異小說內容驚奇的真實性以外，有個地方讓他感到不可思議，這位作者和櫻庭愛生一樣，偏好用名詞取代正式人名，在小說裡面不會看到角色完整的名字，只有少女、未亡人、獨生子、房仲、脫衣舞孃等等。

不論是使用名詞作為人物代稱這點，還是泛黃的書頁，都讓信三在看這本小說時稍稍放鬆不少。前幾日與櫻庭愛生一同去工業咖啡店用餐，儘管彼此互動與平常無異，但信三明白櫻庭愛生對於他突然用餐情緒低落這事有些不滿。

昨天要準備就寢前，櫻庭愛生突然沒來由說了句：「我將近一個月沒抽菸了。」

要不是櫻庭愛生提及這件事，信三壓根兒不會發現。這麼說來的話，確實有段時間沒在他身上聞到人衛杜夫小雪茄的味道。

「想戒菸嗎？」他問著。

聽到信三的問題，櫻庭愛生淡淡回應：「雖然喜歡菸草的香氣，但也不是非抽菸不可，話說回來，若我沒有告訴你，也許你不會注意這個細節。我不強求你將大半心力放在我身上，但能不能試著對我分享你所有感受？」

果然，櫻庭愛生還是很在意他在咖啡店裡莫名沉重的神色。事後信三也認為自己過度放大櫻庭愛生的思維，可始終找不到機會跟他道歉。儘管這只是藉口，低頭認錯不愁沒有時機場合，只有要跟不要而已。

「其實在街上看到父親那一刻，除了震驚以外，更多的情感是徬徨。我有許多事情想好好對他說，日常生活、母親的近況、與戀人同居，這些不起眼的瑣事我多想一股腦兒全讓他知道。仔細想想，我只顧著自身的感受，沒思考你的立場，對不起，可否原諒……」

沒讓信三說完，櫻庭愛生便彎下身輕輕吻著他，「不需要對我抱歉，比起垂頭喪氣的模樣，我更喜歡你高高在上的姿態。」

他被這個人所寵溺。

說來，明明博物館男性與櫻庭愛生沒有共通的關聯性，為何看見男性總會想起櫻庭愛生？信三不禁陷入沉思。高冷不苟言笑與親切斯文之間的差距簡直天與地，櫻庭愛生有多冷淡，那位男性就有多溫和，即使如此，他還是會不經意將兩人的形象重疊。

詳細比對的話，男性與櫻庭愛生的外貌也有異曲同工之處，薄唇與那雙過於漆黑的眼眸都很相似，輪廓與五官皆深邃挺立，最大的差別就是待人接物的軟硬度問題。

但現在沒有餘力去思考那名男性與櫻庭愛生雷同的地方，信三心無旁鶩地將《怪譚殘卷》的內容看完，得到驚人的線索。

目前為止蒐集來的黑眷村訊息不外乎是將屍體放入黑色棺材中，希望透過祖先的靈魂庇佑黑眷村不受天災人禍侵擾，但事實上，他們也多次使用活人進行獻祭。

五十年前黑眷村發生大規模的瘟疫，他們決定犧牲十七名村人鎮壓這場災害，其中，生祭名單裡有剛出生未滿月的嬰兒三名、六歲左右的孩童四名、完璧之身的未成年少女三名，另外再加上七名二十歲的年輕人。

生祭過後，瘟疫離奇地從黑眷村消失，原以為悲劇到此停止，想不到瘟疫在十七年後捲土重來。

這一次，黑眷村照樣準備十七人，但村內未滿月的嬰兒沒有這麼多，那時的村長想到極為狡詐的方式，他們暗地偷走鄰近村莊的新生兒，順利結束這次生祭。

於是可以預想，十七年過後，恐怖的瘟疫再度襲來，黑眷村慣例舉行生祭驅逐災難，然而第三次的瘟疫卻沒這麼簡單，彷彿被養大胃口般，十七人生祭並沒有驅散瘟疫，相反的變得更加茁壯，瘟疫帶來了殘酷的致死率。

黑眷村的人口在第三次瘟疫肆虐下，銳減一半。

儘管發生如此重大變故，黑眷村至今仍屹立不搖。原因在於村長實施了慘無人道的解決方案。

為了抑止第三次瘟疫，十七人生祭無法奏效的情況下，像是喪失道德與理智似的，製作大型的黑色棺材，每一戶用抽籤決定誰成為祭品，倘若是個人為單位的話，其實也不用抽籤，直接無條件成為祭品的人選。總計三百人成為這次生祭的犧牲品，用磚塊之類的硬物搗碎四肢後，將祭品丟進巨大的黑箱中，蓋上後直接活生生埋入土裡。

隔天，瘟疫消失了，取而代之的是對生祭產生莫大狂熱的村民。

由於人丁單薄，以增加人口為目的，捨棄不必要的人倫禮教與家族輩分，黑眷村彷彿是人類養殖場一般，透過混亂雜交，讓村莊恢復到以往的人數，甚至有過剩現象。此時毫無節制的生祭就是維持人口數的最佳方法，連日不停的落雨與酷熱天氣舉行生祭、農作物豐收同樣少不了生祭、家中如果有人即將出生或死亡也要生祭、感謝一年平安過完更要生祭。

經年累月，黑棺的數量早已超出黑眷村的範圍，村人將較為古老的黑棺隱密放進山林裡，藉此掩埋村莊瘋狂追求生祭的證據。

把書闔上，信三陷入沉思。如果《怪譚殘卷》所言不假的話，高富帥所提到的東部山林奇怪的黑棺墓群，應該就是黑眷村經年累月遺留下來，不知道有沒有人試圖打開那些棺材？

他拿起手機打算發送一封信詢問高富帥時，螢幕顯示不明來電。

櫻庭愛生這傢伙很常出門前不檢查手機電量，已經發生太多次手機沒電只好使用公共電話的記錄，信三不疑有他很快進行通話。

「怎麼了嗎？」

一陣沉默。信三不免擔憂起來。

「是愛生嗎？你發生了什麼事？」

沉默了將近一分鐘，話筒終於傳來聲音。

是少女的哭泣聲，就跟他在博物館聽到的一樣。

信三趕緊結束通話，驚魂未定地坐在便利商店的椅子上。風和日麗的午後，充滿人文藝術氣息的街上，不明不白地發生靈異現象了。

他深呼吸幾口氣，行程規劃不能因為區區靈異電話就打亂，他言簡意賅地發了電子郵件給高富帥，把冰拿鐵喝完後離開超商與櫻庭愛生會合。

他已經訂好車票與飯店，預計下個禮拜去黑眷村一探究竟，雖然他不是很肯定去黑眷村能找到想要的線索，若能藉此得知黑棺生祭的起源那就再好不過了。

和櫻庭愛生碰面的地方是市區小巷子裡一家不起眼的日式料理店。

儘管外觀樸實無華，店裡裝設卻大放異彩，由木板搭造的地面與牆壁洋溢著樸實的氣味，紅白相間的燈展現獨樹一格的簡約，開放式廚房是這家店值得品味的地方。

信三每隔一段時間會造訪此地，羊羹口感的胡麻豆腐與炙燒比目魚握壽司是他的最愛，儘管櫻庭愛生顯而易見地偏向歐式料理，但只要信三想要回味這家店的口味時，櫻庭愛生還是會無怨無尤地一起用餐。

信三抵達時，櫻庭愛生已經選好一個視野極佳的位置，坐在椅子上看資料，只要抬頭一望，就能見到開放式廚房裡師傅的料理手藝。

「有什麼進展嗎？」信三坐下來問著。

「首先是埃及使用黃昏生祭的原因，其實棺木上有將理由刻出來，但隨著歷史變遷、時間流逝已經很難辨識了，所幸有其他書籍提到生祭的理由。」櫻庭愛生將手機拿給信三，螢幕呈現的是他有看沒有懂的古埃及文。

「為什麼你會認為我能解讀外星語？」信三發出「嘖」的一聲，將手機還給他，「不過沒想到這類資料在網路上有流傳，真的是什麼死人骨頭都能開誠布公。」

「國外許多大型圖書館有開放電子書借閱，我是透過這個管道找出棺木上的字。」

「那可是上萬筆資料，真虧你還能找到。」信三深深佩服櫻庭愛生的效率。

「要跟不要而已，再者有搜尋系統找起來很快。」

「甚好，那串外星語寫什麼？」信三問著。

「外星語？那是古埃及文……」

櫻庭愛生有些挫敗地嘆了一口氣，「當時發生太多災難，埃及人認為他們可能觸怒到創世神，不得已只好舉行生祭。」

「原來是這樣，那麼埃及那口棺木是來自哪一個單位？」

「調查博物館陳列的創世神黃昏生祭來源，是英國某位企業家的私人收藏，西元一八八二年英國間接統治埃及，那具黑色棺材是企業家的祖先用不法名義納為所有物，二〇〇七年埃及成立歸還走私文物全國委員會，這具棺材是埃及希望歸還的項目之一，但效果不如預期。」櫻庭愛生低聲笑了笑，「與其說是不如預期，說毫無效果比較實際。」

「將棺材當作收藏品，企業家祖先的喜好真是特別。」信三喝著料理店招待的綠茶，視線移向附近邊用餐邊談話的男男女女，猜測道：「私人收藏品參與公開展示並不罕見，等到展期結束，棺材就會原封不動還給企業家了吧。」

「讓你失望了，棺材會落入埃及的手中。」櫻庭愛生將手上的資料交給信三，「自從得到這口棺材，企業家的家族無一倖免，沒人活過四十歲，因此答應將黃昏生祭的黑棺借給博物館時，企業家便要求將棺材歸還給埃及政府。」

信三追問道：「簡直是燙手山竽，既然那口黑棺帶有詛咒，為何到現在才想要擺脫？」

服務人員送上核桃做成的胡麻豆腐，上面擺著薄薄幾片蘘荷，信三見狀很是發揮效率，邊看資料邊吃邊談。

這份資料內容是企業家的家族歷史，誠如櫻庭愛生所言，西元一八九〇年家族得到黑棺後，跟這個家族有血緣關係的人都會在四十歲以前死於非命，比如說車禍、空難、溺水等等。家族歷史本身就是個災難片。

「實際理由不清楚，有可能是為了顧全祖先透過骯髒手段取得的文物，不得不跟詛咒妥協。」

「……」信三聽到櫻庭愛生的回答，眼神在那瞬間充滿詫異，沒想到他也有這麼人性化的猜測。這份報告詳細記錄企業家的背景，從敘述上可以得知企業家來自古老龐大家族，依此做為參考，不難揣測這種老派家族保守的思維。

但櫻庭愛生極少用客觀的角度觀看人事物，過於自我為中心導致他經常忽視一般人的感受，倘若是一年前的櫻庭愛生，這位獵奇作家八成會說一句「實際理由不清楚，這應該不是我們要關心的事」。

信三大致將資料看完，那口黑棺來這個國家進行展示之前，曾經在大英博物館埃及分館作為期間限定的陳列品，展出時大英博物館還收到埃及民眾寄來的抗議信，但這些都不是重點。據聞大英博物館的警衛曾在深夜時分見到宛如蜘蛛爬行的少女，這讓人不禁聯想到《大法師》這部電影裡被惡魔附身的少女，在樓梯間翻轉身體行走的畫面。

高富帥先前提過這件事，信三以為他在開玩笑，如今看來似乎不完全是空穴來風，只不過高富帥本來就知道蜘蛛爬行的傳聞，還是無意間瞎猜中，還得再問問。

就在這時，信三的手機傳來震動。

他微微皺著眉將手機從口袋拿出來，看見螢幕上顯示不明來電四個字，煩躁與憂鬱的情緒毫無隱藏地寫在臉上。

「不接嗎？」櫻庭愛生疑惑問道。

「……說得也是。」信三暗自深吸一口氣，接通電話後聽到了他熟悉的哭泣聲。

或許是櫻庭愛生在身旁的緣故，那陣總是讓他背脊發涼的哭聲反而不像下午在超商時驚悚，他看向櫻庭愛生打趣說著，「給你聽看看吧。」

儘管不知道信三葫蘆裡賣什麼藥，櫻庭愛生還是將手機放在耳旁，聽到的內容是「您撥的電話是空號，請查明後再撥謝謝」。

「你有聽到哭聲嗎？」

服務人員送上炙燒黑鮪魚和比目魚側緣握壽司，信三不計形象，一口將壽司全塞進嘴裡，接著再故作優雅地喝著微熱的綠茶。

「沒有，看來我們所聽到的內容不一樣。」結束通話後，櫻庭愛生這才發現信三有多達二十通未接電話，全是不明來電。

「你說的哭聲莫非是當初在博物館聽到的聲音？」

「正是，從一開始在博物館與返家路上聽到，然後在馬路上出現父親與黑月，接著是打電話給我，不得不說，這股神祕力量的花招特別多。」

信三隻手撐著頭想了想，「回去後我們討論一下旅遊規劃，黑眷村不是個簡單的地方，所以我們的行李也不能太平常。」

「什麼意思？」櫻庭愛生突然覺得信三嘴角勾起的弧度有些不懷好意。

信三沒有回答，只是露出一抹高深莫測的淺笑。

高富帥：據我所知，東部山林那些黑棺還沒有被打開，一些財團法人打算贊助考古團隊去實驗室研究黑棺的內容物，但最近一直下雨不好搬運，可能要過陣子才會著手。不曉得那些黑棺跟黑眷村有無關聯，如果前輩要去那個村莊拜訪，請千萬要帶土產回來啊，我很期待。

信三：土產？沒有問題。另外，關於你之前提到大英博物館有蜘蛛爬行少女的傳聞，是憑空捏造還是真有此事？

高富帥：欸那個啊……之前在三流雜誌看到相關新聞，但我不是很確定消息可靠性，不過前輩會這麼說，難道這件事確實存在嗎？對了對了，我說的土產不是黑眷村外圍那些小棺材喔喔喔，前輩要是帶回來的話，就真的嚇死寶寶了。

信三：再出現這個詞，信不信我封鎖你？

將簡訊回覆給高富帥後，信三看櫻庭愛生還在翻閱《怪譚殘卷》，便拿了乾淨的睡袍去浴室沖澡。他很少推薦小說或文學書給櫻庭愛生，一來是這傢伙很高傲，對別人的作品興致缺缺，二是，比起劇情跟故事，櫻庭愛生對工具書比較感興趣。

因此把《怪譚殘卷》拿給櫻庭愛生時，信三便說了「將它當作工具書來看也不錯，裡面所寫的內容或許會讓你大開眼界」，這才說服櫻庭愛生提起興致去閱讀。

說來，儘管櫻庭愛生沒有提到太多，但信三大概明白他不是在正常環境下成長，價值觀和道德觀都比一般人還來得扭曲，表露出來的同情和哀傷有絕大部分是裝模作樣，記得兩個月前在客廳看電視時，剛好是越戰美萊村紀錄報導，西元一九六八年三月十六日，美軍前往越南美萊村進行屠殺，所有活口不論婦女小孩甚至是動物都開槍掃射。雖然美國受到國際道德譴責，政府宣判下令開火的陸軍中尉終身監禁，最後也只軟禁三年半而已，除此之外，所有相關人員無罪釋放。

看完報導時，櫻庭愛生先是注意他的表情，然後才說出感想：「很不公平的結局。」

與其聽到這麼刻意的心得，信三還寧願櫻庭愛生什麼也不要說。

但後來仔細想想，那傢伙之所以這麼做，或許是希望兩人能減少一些隔閡。

大學時代的朋友領養一位孤兒，孩子過去深受家庭暴力侵擾，對大人的信任感很低，儘管朋友不斷釋出好意，孩子每次看到他第一個反應就是找隱密的地方躲起來。後來有一天孩子試著和朋友說話，僅僅是一句「早安」，卻讓孩子渾身顫抖忍著內心的不安站在大人前面，朋友在這一刻明白，要孩子恢復對大人的依賴是相當漫長的一條路。

櫻庭愛生也是。

抱持著「如果我能更像平常人，這段戀愛也許對信三來說就不會這麼痛苦了」。

真是天真。偶爾信三會這麼想著。

櫻庭愛生沒有自覺，不論他怎麼改變，從相遇開始就是個錯誤，又怎能期望一切被翻轉導正？

他沒有一天不這麼想著，如果能突然發生意外，讓他沒留下任何道別的言語就這麼離開櫻庭愛生，會是兩人最理想的結局。

驀地，一雙蒼白的手從背後環抱住他的腰身，很親暱地在他頸項旁說著：「在想什麼？」

「黑眷村的事。」信三不著痕跡地說了謊，四坪大的浴室就算塞了兩個人也不覺得擁擠，但側頭看見櫻庭愛生的臉龐還是讓他覺得距離太近。

「我將那本書看完了，乍看之下很像稗官野史，可實際上有很高的參考價值。」

彼此的肌膚毫無空隙緊緊相貼，櫻庭愛生輕輕吸吮著信三白皙的後頸，不知是否因為熱氣蒸騰的緣故，信三的呼吸略為急促起來。

「不要胡鬧了。」明天公司有非常重要的會議，可以的話，信三不想把體力浪費在櫻庭愛生無聊的引誘上，但那傢伙不安分的手在他身上四處游移，僅僅只是用指尖溫柔滑過皮膚，便感覺下腹湧上蠢蠢欲動的燥熱，搭配櫻庭愛生低沉魔魅的聲音，信三瞭解自己薄弱的意志力無法支撐太久。

「我完成你的要求，索取一些報酬應該不過份吧？」

說著，櫻庭愛生略為冰涼的手掌沒有預警地握住信三的陽具，既不急躁也不緩慢地律動起來，另一隻手同樣不給予喘息的空間，就這麼肆無忌憚地伸進信三炙熱的內壁裡，傲慢且不知分寸地直探敏感的深處。

「把手放在門上。」櫻庭愛生濕潤的舌頭冷不防含住信三的耳垂，明明不是那麼容易被左右的人，信三還是將手抵在光滑的玻璃門，不需要想像也能清楚現在的姿勢多麼屈辱。然而櫻庭愛生沒有收斂使壞的本性，他從進來時就計算好角度，挑選一個能讓信三透過防霧玻璃看到對面鏡子的地方，果不其然，見到鏡子投射出來的景象後，信三錯愕的瞬間，櫻庭愛生便把性器放進擴張好的肉壁裡，享受滾燙緊縮的包圍。

「你絞太緊了。」櫻庭愛生試著減緩抽送的速度，但信三微微泛紅的身體與苦悶的嘆息聲，都讓他想不顧一切侵略這副單薄精瘦的身軀。

——渾蛋，說得好像是我的錯一樣。

信三想反駁回去，只可惜現在根本沒有餘力讓他思考這些事。

汗水揉合著霧氣從臉上滑落下來，信三感覺到櫻庭愛生脹大的性器不斷摩擦著裡面，隨著他每次的拔出與進入，慾望層層堆疊越來越無法自拔，他忍不住跟著扭動腰身，讓本來想緩慢推進的櫻庭愛生加深了挺進的力道。

「不要太放肆了……」這句話沒有半點說服力，就算櫻庭愛生不說，信三也知道他的身體正緊緊抓著那根性器不放。

「你的裡面好像不是這麼想的。」調侃地笑了幾聲，櫻庭愛生纖細蒼白的手指與信三交握，一同感受身體交合帶來的快感。

知道自己差不多也到極限，不斷搓揉信三性器的手感覺到射精的衝動，兩人的氣息紊亂起來，「一起射吧。」

白色液體灑落在玻璃門上，同時，不屬於信三的精液也射入抽搐痙攣的內壁裡。

想著該怎麼清理身體時，櫻庭愛生強而有力的雙手緊緊抱住了他，當下很想掙脫挪出一些空隙，可信三感覺到櫻庭愛生很是迷戀地親吻他的頸肩，彷彿在訴說著深情。僅僅是這樣微不足道的舉動，他對櫻庭愛生的占有慾和任性，再也沒有一絲反感。

不過事後他對於兩人在浴室消磨近一個小時頗有微詞，如果明天是假日的話，想玩多久他都能奉陪到底，遺憾的是他隔天去公司就得面臨重要的會議，就算累到連動手指都無比疲憊，他也得在今天晚上確認明天報告的內容。

於是走出浴室把睡袍穿上，信三一言不發地看著報告內容，而櫻庭愛生則是整理去黑眷村的行李。兩人一同旅遊很多次，彼此都知道對方的生活習慣，即使信三沒有交代，櫻庭愛生也能準確攜帶他想要的東西。

不過在櫻庭愛生闔上行李箱時，信三有看到他將黑色的蝴蝶刀隱密放在換洗衣服下。看了一眼，信三便將專注力放在筆記型電腦螢幕上。

暫且不論黑眷村是不是非善之地，出門在外，蝴蝶刀向來是旅遊的好夥伴，野外求生、生存模擬遊戲或登山野炊，都是不可或缺的優秀工具，當然絕大多數的出遊要用到蝴蝶刀的機率非常少，而且普通人根本不會把它當作是必備物品……櫻庭愛生有蒐藏蝴蝶刀的嗜好，聽說是承襲生死不明的兄長獨特的雅興，信三對那位兄長所知不多，櫻庭愛生也很少提及，到現在他還是不明白櫻庭兄弟之間的關係。

信三一如往常在十點多的時候就寢，櫻庭愛生在書房查看一些資料，有時兩人不見得會睡在一起，他其實也沒有勉強櫻庭愛生非得配合規律的作息不可，信三偶爾也很享受獨自一人的時光，但之前櫻庭愛生去亂葬崗取材，刻意好幾天避不見面，著實有些過份。

昏昏入睡之際，信三看見窗簾被風吹起，想著是不是窗戶沒有關緊時，耳裡傳來少女哭泣的聲音。

深夜幽暗未明的天際，街燈昏黃閃爍的光線，伴隨這陣毫無情感的哭聲，信三看見窗外籠罩著巨大黑影。

是蜘蛛爬行的少女。

她在月夜下張開猙獰血紅的眼睛。

第五章

黑眷狂信者惡譚

第五章
黑眷狂信者惡譚

「信三先生，你今天臉色很差喔。」高富帥端了一杯剛沖好的熱拿鐵放在信三桌上，趁著周遭同事在聊業界八卦，他不疾不徐彎下身，對信三小聲說著：「是昨天櫻庭愛生讓你太累了嗎？」

——若非那隻該死的蜘蛛連聲招呼都不打就出現，我的睡眠品質也不會這麼差，說到底怎麼想都是櫻庭愛生不在身邊的錯。

信三回憶起昨天的經歷。聽到他不甚悅耳的慘叫聲後，櫻庭愛生立即從書房趕來寢室，看見信三一臉驚恐地指著窗戶的方向，膽大包天的獵奇作家連問也不問，就直接開窗探頭觀望，但什麼也沒有，只有樹影幢幢。

櫻庭愛生見他驚魂未定，答應陪睡到天

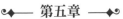

亮，信三已經做好被靈異事件纏身的心理準備，有可能今天就是要跟神祕的力量耗一整晚，想不到櫻庭愛生過來之後，無風無雨到天亮……信三深深覺得神祕力量也是欺善怕惡來著。

不過這些都不是重點。他越來越覺得高富帥最近頗有閒情逸致，前陣子無意間聽到後輩跟行銷、美編聊天時談到「最近都陪女友看陸劇和韓劇，反正她看什麼我就跟著看」，不愧是公司眾所皆知的深情男子，只要能陪伴女友，對電視劇都能不挑剔、不挑食、不批評女友喜歡的鮮肉或歐巴，耳濡目染下難怪會使用寶寶這個詞。

既然後輩這般神清氣爽手姿綽約，是時候可以把錯別字特多、考究資料十之八九錯誤連篇、人物性格陰晴不定難以捉摸、劇情前後不連貫而且還詞不達意、唯一可圈可點的地方只有女性外貌身材的描寫，缺點多如天上繁星但優點只有一個的麻煩作家交由高富帥打理，相信應該萬無一失。

「你對驅魔儀式、煉金術、惡魔附身這些題材是否有興趣？」信三問著。

「當然有，我超愛《驅魔神探：康斯坦丁》這部電影！蒂妲史雲頓是我女神❤」高富帥顯得有些興奮。

「很好。」信三將列印好的稿件交給高富帥，順便放送一抹親切的微笑，「這份稿子還有稿子的作者就拜託你了。」

「欸？」高富帥看到稿件上有用迴紋針夾著一張紙條，清楚寫著作者連絡方式與名稱，那瞬間什麼哀痛的心情都有了。

「這作者……亂七八糟到我不認識他都困難，前輩，你好意思將這麼極品的傢伙塞給我？」

「我對你的能力很有信心。」

剩下的時間不多，他得在休假之前把分內事處理得乾乾淨淨，為了維護良好寧靜的工作環境，信三從抽屜裡拿出一個牌子掛在工作桌的隔板上，見到高富帥心情複雜的身影，作為前輩，他不忘勉勵幾句：「沒問題，我很期待你們合作擦出的火花，就先這樣了，有事等我工作忙完再說。」

高富帥欲言又止，失神地看著「忙碌中請勿打擾」的牌子幾秒，這才回到座位上面對錯字滿天飛的稿子。

——救不了你，抱歉，我這邊也是混亂到雞飛狗跳。

信三深吸一口氣，按照作者、繪者各別起床時間的順序，致電過去催稿，有些人秉持早睡早起身體好的準則，每天幾乎固定時間醒來，這類型簡直是上天派下來的天使。絕大部分是凌晨三點以後才睡，下午一兩點才醒來，要是更放縱一點就是太陽下山才睡醒，這種最麻煩，就算索命連環CALL也可能沒效果。

將耐心、毅力、理智這三項發揮得登峰造極，總算在下班前五分鐘把工作告一段落，他全身虛脫般地躺在椅背上，看著淡藍與米白相間的天花板，突然想起櫻庭愛生那本《BELOVED》。

在孤兒院長大的男人有清秀漂亮的容貌，但他極為厭惡這張臉，每當從鏡子看到自己的五官，總會想起狠心將他丟在鄉間野外的母親。於是，為了無法看清自己的長相，他開始留長前額的頭髮。久而久之，他成為孤兒院裡最陰沉孤獨的人。

但同齡的孩子無法理解他的傷痛，甚至認為他的模樣猥褻卑微，便聯合起來使盡一切方法凌辱他，就連孤兒院的教職人員也強迫他進行無法反抗的性交。殘酷的日子一直到他十三歲逃出孤兒院才結束。長期不堪的生活侵蝕他的內心，使男人不擇手段也要達到目的，無所不用其極地讓自己成為頂尖人士，接著用慘無人道的方式將曾經羞辱他的人全送上西天，他在殺戮中得到難以言喻的快樂，男人成立了地下獵奇俱樂部。

事實上，他在獵殺當初孤兒院裡與他結仇的人時，不知出於何種原因，沒有殺害某個八歲大的孩子，不僅沒有將孩子滅口，甚至以「父親」的身分將孩子扶養長大。

櫻庭愛生著名的三大原則在兩人交往後就淡薄到幾乎成為過去式，他的作品漸漸擺脫公式感，取而代之的是，小說裡要找到「愛」或者「喜歡」的字眼少之又少。櫻庭愛生似乎對角色的行為解釋越來越偏向留下許多空白，譬如說，他從不說明為何男人要養育這個孩子。

雖然在小說裡可以感受到男人對孩子的占有慾，只是……

Dear, I love YOU forever. From your other self.

這句話揭露了一切。這個男人只愛他自己。

信三經常思考櫻庭愛生的小說變化，作者沉默寡言又不大善於顯露情緒，他僅能用這種方法去窺伺櫻庭愛生的內心。

「信三先生，你不走嗎？」高富帥將頭抵在辦公桌的隔板上，一臉疲憊地望向他，「前輩該不會忘了今天有聚餐吧？」

經高富帥這麼一說，信三才想起最近開了一家鐵板燒店，推出三十分鐘內 A5 等級牛肉吃到飽的活動，公司行銷已經訂好位置了，還放話要讓店家瞧瞧文創產業的實力！附註，是吃飯的實力。

信三回道：「其實我對牛肉的慾望沒有很深，已經跟行銷說過我可能不會去，所以……」

不讓信三把話說完，高富帥一手拎著他的公事包，一手將他拖去搭電梯，「前輩要有自覺，你可是我方的強大戰力，公司裡能面不改色把九十盎司的布藍地肉牛吃完，放眼所及只有信三先生了。」

你也不想想布藍地牛肉多貴，而且老總難得請客，如果不吃完我們還有下一次嗎？信三默默看著電梯內樓層升降表，腦袋裡思考的淨是明天行程。早上八點就要搭火車前去黑眷村，抵達後還要轉公車才能一窺村落的真面目。公車每兩個小時一班，到傍晚六點就會停駛，下一班車要等到隔天早上八點。

保險起見，他是不是該在回程途中順道去香火鼎盛的廟宇求個平安符？省得到時發生亂子才在埋怨天上眾神太不給力。想著想著，電梯門大開那剎那，信三看見公司大廳的沙發區坐著櫻庭愛生。

「你怎麼……」

「這不是櫻庭愛生嗎？太好了，走，跟我們一起去挑戰三十分鐘牛肉放送吧。」高富帥搭上櫻庭愛生的肩，二話不說筆直地往鐵板燒店邁進。

信三本來打算問櫻庭愛生怎麼會來公司？可想想這傢伙說不定是抱持「包不準邪惡的力量神出鬼沒又出現，一起行動我比較安心」這麼單純的心態，索性跟在高富帥和櫻庭愛生後頭走著。

儘管櫻庭愛生有用求救的眼神回望他，但信三仍舊用「你就好好享受被美編行銷姐姐們鶯鶯燕燕環伺下的晚餐吧，這可是男性夢寐以求的天堂」回望過去，櫻庭愛生只好死心地撇過頭。

結果那個自認對牛肉慾望沒有很深的人，在三十分鐘之內解決了六盤，無堅不摧的戰鬥力讓行銷忍不住說了「我們應該行行好，留給新開的店家一條生路」……真不知道當初是誰放話說要讓鐵板燒店見識見識文創業的實力？

由於肉類吃太多，信三不得不在三十分鐘的活動結束後，用一小時的餘韻來彌補體內蔬菜所需，因此正當所有人都覺得工作狂信三已經到極限時，他在眾人眼皮子底下又吞了幾大盤高麗菜，見到此情此景，高富帥連忙向櫻庭愛生打聽前輩這種食量是如何維持身材，這位獵奇作家則是見怪不怪慢條斯理地享用起士牛肉捲。

滿足地結束聚餐並和公司所有人打過招呼後，信三和櫻庭愛生一同走去停車場。

並肩在人行道上走著，夜晚吹起陣陣涼風，明明在鐵板燒店還覺得空調不冷，來到外頭走沒幾步便感到一股寒意了。信三理了理外套的領子，決定回家之後拜託櫻庭愛生調製一杯熱的愛爾蘭咖啡給他，喝完再沖個澡就可以睡了，希望黑眷村的旅程能安全順利，但依照以往經驗[4]也許十個護身符都不夠用。

「像這樣子，並不討厭。」櫻庭愛生說著。

信三愣愣地停下腳步，一方面是櫻庭愛生突然出聲打斷他的思緒，一方面是，這人難得也有這麼窩心的發言。

櫻庭愛生獨善其身、孤僻、自我中心的性格在作家裡不算少見，有些作者太過纖細敏感的緣故，很難融入群體中，當然也有不少人善於和大眾打交道，所以交友圈很廣泛。對其他人來說，下班後與公司同事小酌一杯吃些燒烤是家常便飯，但對櫻庭愛生而言，這卻是罕見少有的生活。

以「不討厭」等於「喜歡」這個定律來說，下次約櫻庭愛生參加這種場合的成功機率應該很高……信三明白這個想法太天真，櫻庭愛生有時會莫名彆扭起來，點頭赴約還得看他心情，被公司內部票選為最棘手的作家當之無愧。

談到作家性格，信三遇過印象最深刻的，是個不吃烏羽玉就無法寫稿的傢伙。對那位作者強烈無比的第一印象是，瘦骨如柴、臉頰凹陷、身上菸味特重無比、死氣沉沉、會讓人擔心他究竟可以活多久的大叔。住在十二坪大的小套房，菸灰缸已經爆滿到無法再容下一根菸蒂，窗邊的櫃子上放著許多仙人掌，全是被稱為烏羽玉的多肉植物。直接吃根部或加熱水沖泡當茶喝都可以，必須先嘔吐幾遍才會產生作用，聽說可以提升靈性與形上學的冥想，是歐美墨西哥一些宗教組織的生活必需品。

那位大叔要趕稿時，烏羽玉幾乎是照三餐在使用，說實話信三認為在這種狀態下，大叔無法支撐太久，儘管烏羽玉不算是毒品。

注釋

4 過去信三和櫻庭愛生也有造訪紅霧極樂村、三途獄門村、鬼塚神見島這些地方，原本愉快單純的旅程到最後都會變成生死逃亡。詳情請見系列第一部。

雖然僅僅拜訪過一次，但信三便瞭解大叔對鳥羽玉的依賴已經到成癮的地步，為何大叔得靠鳥羽玉過生活不可，理由很奇特也很牽強，他經常把「文森梵谷自殺前兩年罹患精神疾病，那時期的作品最多產也最著名，對藝術狂熱的人沒有一點病是不行的」這種毫無說服力的話掛在嘴邊。追求創作顛峰不得不求助邪魔歪道，以編輯的立場來說，與這種作家打交道很有可能會身敗名裂，但信三並沒有改變想和他合作的初衷。

他希望大叔的新作能交由出版社包裝發售，這個人在文壇裡有洛夫克拉夫特[5]二世之稱，經常描寫人類對宇宙未知事物過於探究，引來難以估算的災厄這類驚悚科幻小說。迷人的地方在於大叔敘述宇宙生物的模樣，畸形怪狀卻各有特色，推理與故事節奏部分拿捏得恰到好處，吸引了當時還在奇幻部門擔任編輯的信三濃厚興趣。

合作過程並不順遂，可說是疲憊不堪。

大叔時不時在三更半夜致電給他，討論劇情與世界觀還有架構問題，說是討論，根本是大叔自顧自地說著他的想法。

如果信三持有不同意見，這位頑固偏執的作家就會翻臉地撇下「信三先生有重視這個作品嗎？我一點也感受不到你的誠意，要是不斷失望下去，我們的合作就取消吧」這麼尖銳的發言。

私生活與精神都受到嚴苛考驗，信三有時會想，若非先遇到大叔，否則櫻庭愛生高冷淡漠的個性應該會讓他卻步。

堅持著怎麼樣也想完成這本書，把大叔所有無理的要求和對待全都隱忍下來，終於拿到原稿的第三天，信三想打電話給大叔告知他已經將故事全看完時，從主管的口中得知大叔服用過量的鳥羽玉暴斃猝死了。

完全不意外。

信三認為自己會這麼堅持要跟大叔合作，多少有預感這會是他最後的作品，這份難以言喻的心情就跟小說的結尾一樣——

注釋——

5—霍華德・菲利普斯・洛夫克拉夫特：著名的克蘇魯神話系統的開創者，科幻小說家，同時也是宇宙文學的先驅。

「我會活下去！無論再怎麼艱困痛苦，也會拚盡全力繼續活著。人類不會在這裡結束，我們的歷史還持續轉動著。」少年阿爾哈茲萊德擦拭臉上的淚水，在他身上已經看不見十五歲該有的青澀。

臨時搭建的木屋嘎嘎作響，海風吹來鐵鏽腥膩的臭味，從木塊縫隙中能窺見遠方高聳咆嘯的巨大生物群。

阿爾哈茲萊德沒有生火，他瑟縮在木屋角落處，表情堅定地吃著所剩不多的魚罐頭。

少年或許還不明白，這個藍海星球，僅剩他一人。

這本小說在主角名為阿爾哈茲萊德那一刻起，就註定是悲劇。

阿爾哈茲萊德是洛夫克拉夫特所寫的故事裡的一位人物，他在光天化日之下被肉眼無法看見的東西吃食，算是隱喻了大叔遺作真正的結局。

參與大叔喪禮的人寥寥可數，孤僻固執又喜怒無常，讓他的生活圈始終很狹隘，儘管有家庭和妻女，但雙方關係並不和睦，對大叔來說，結婚有小孩似乎是「到這個年齡就該去做」的事。會回憶這個人，恐怕也是因為那份與生俱來對人際社會疏遠的性格和櫻庭愛生十分相像的緣故吧，信三不禁這麼想著。

不過聽到櫻庭愛生說了「像這樣子，並不討厭」，信三頓時瞭解到櫻庭愛生跟當初在火車站碰面、眼神漆黑到容不下任何事物的青年已經截然不同了。

已經改變的櫻庭愛生。

只有他，仍一成不變。

聽著後座一對男女的談話，年輕女子挪了舒服的位置，仔細將外套蓋在身上，對旁邊用平板電腦看影片的男性說「快到了叫我」，便安安穩穩地閉上眼睛休息。

可以的話，信三也想颯爽地一路睡到火車抵達目的地。

只是天不從人願，出門前收到某位作者的電子郵件，裡頭寫著：這幾天我反覆檢查劇情，總覺得有許多不妥的地方，因此昨天一鼓作氣將故事修改完了，你看看吧……

此情此景根本不覺得作者認真積極好棒棒，都已經將稿子看完並列出需要作者補充修改的地方，結果作者閒閒沒事更動劇情，等於他還要再校一次稿件。

本來信三以為這趟旅遊可以心無旁騖地觀察黑眷村，想不到得花時間在稿子上，但看到小說開頭從原先的「對沒有朋友、沒有錢、沒有穩定工作、沒有交往對象，甚至手機聯絡人只有派遣公司電話的我來說，會這麼不幸，全是因為哥哥太能幹的錯」，變成「對現在一無是處、變成繭居族只能待在十二坪大的房間裡，只要一走出去就會頭暈嘔吐，像是房間以外的空氣都充滿細菌、連去超商買東西這麼簡單的事都辦不到宛如廢物一般，小心翼翼溫柔豢養這樣的我的哥哥，今天也一如既往，在我身體裡面塞滿了他自以為是的愛，才心滿意足地出門」，作者做到這種地步，簡直是重寫了，突然覺得再看一次也無所謂。

一旁翻著外文雜誌的櫻庭愛生瞄了筆記型電腦螢幕一眼，接著將視線移到雜誌介紹的星辰鐘塔，約莫五秒才淡淡說著：「畸戀？」

「欸？」信三一開始還不明白櫻庭愛生在說什麼，但看到螢幕上那幾行字，他忍不住笑了幾聲，「嗯，不是你想的那樣，但如果只看前幾句的話，很容易被誤導到成人領域。優秀且長相俊美的哥哥是桌上遊戲設計師，妹妹是……除了玩遊戲很拿手以外，大致來說就是個廢柴。」

櫻庭愛生那瞬間立即露出『兄妹禁忌戀的青少年小說嗎？大眾口味真是越來越重了』這麼微妙的表情。

信三深深覺得喜愛獵奇的他，完全沒資格批判大眾口味究竟多麼鹹甜淡濃。

「哥哥儘管廚藝很好卻不會拿捏份量，因此才有身體塞滿哥哥自以為是的愛這樣的敘述，跟戀愛無關，這本是驚悚推理小說。」信三突然想到什麼，連忙補上一句：「放心吧，到黑眷村之後我就不會工作了，但在這之前容我關心一下稿子的內容。」

櫻庭愛生輕輕點頭，繼續翻閱手上的雜誌。

信三將專注力放在小說電子檔的同時，腦海裡浮現的是第一次和櫻庭愛生坐火車的場景。夾雜男男女女老幼婦孺談話哭鬧的聲音，車廂通道皆是沒有買到座位的人，擁擠的密閉空間裡，不時就能聞到櫻庭愛生身上彷彿淋過雨那般潮濕的氣味。

不知道從什麼時候開始，那陣沉悶壓抑的氣息已經不復在，取而代之的是優雅的木質調香。櫻庭愛生去外地取材那幾天，信三總覺得熟悉的住家環境少了什麼，仔細想想，應該就是香根草與西洋杉獨特的味道。

儘管信三對櫻庭愛生獨自一人去旅行這事沒有半句怨言，但他內心卻深深反省自己對櫻庭愛生毫無意義的試探，只是想知道自己是否被愛。不，確切來說，是想知道櫻庭愛生對他的情感，究竟是不是愛？

下了火車約莫等二十分鐘，前往黑眷村的公車姍姍來遲，搭乘的人數比信三預估的數量還多，若是再加上自行開車前往的旅客，不難想像黑眷村人滿為患的模樣。

公車只會到村莊附近，必須步行約十五分鐘才會看到黑眷村的入口，時至黃昏，櫻庭愛生和信三一同走在不算平坦的路上，黑眷村離東南部市區有段距離，它原本是一個隱蔽塵世在山林間自給自足的村落，因天然溫泉與小而精緻的雨林受到觀光產業青睞，五年內搖身一變成為都市人閒暇之餘玩樂的地方。為了讓民眾認為黑眷村是個與世隔絕的香格里拉[6]，煞費心思地保留大片樹林，就連馬路也是老舊的瀝青混擬土。

村莊的路口處有灰色大石碑，上頭刻著黑眷兩字，不少遊客會在石碑前拍照打卡完成旅遊例行公事。但黑眷村在《怪譚殘卷》裡的記載，通往村莊路上用來作為地標的東西是一口小黑棺，並不是灰色石碑，想當然爾，作為觀光景點直接在出入口放棺材也太不吉利。

注釋——

6｜香格里拉：虛構地名，出自英國奇幻小說《消失的地平線》，是個位在西藏高山的烏托邦，住在香格里拉的人長生不老，並永遠享有安平和樂的生活。

村莊通往外界的通道只有一條，汽機車出入不方便，許多人會將汽車停在不遠處的空地停車場，然後步行到村子裡。

信三跟著其他遊客移動到更深處，一入眼的是大片黑百合，以及傳說中用來守護村莊的黑棺墓群。這些寬度不到五十公分、僅有半截裸露在外的黑棺，高高低低不規則散布在黑月花叢裡，與橘紅天際互相勾勒出詭譎冶豔的景色。

村莊對這些棺材既不多作防護也沒有多餘的說明，只要有膽識，就算伸手觸摸也不會有人制止。不過，如果想破壞黑棺的話就另當別論了，據聞黑眷村製作棺材的手法極為巧妙，致使棺材闔上後便很難打開，就算用外力破壞往往也會不見成效。

信三保持距離仔細打量棺木的構造，意外地相當精細，在表面刻劃獨特奇異的圖案，加深了黑棺的神祕感。不過親眼看到黑棺，他仍不禁倒抽一口冷氣，棺材比他所想的還小很多，有聽說村民要把屍體或者活人放進去之前，會先碾碎四肢、敲碎肩骨以便讓棺材容下，這個過程光想像就覺得痛。

「目測有四百六十三具。」櫻庭愛生淡淡說著，「排列方式倒是值得研究。」

居然瞄一眼就能算出……事實上也沒有什麼好驚訝的，畢竟櫻庭愛生是個任何專門技術只要看一遍就能學會的人。信三暗自嘆了一口氣，如果他沒估算錯的話，還要再走幾分鐘的路才算正式踏入黑眷村，截至目前都還在村莊外圍。

此時，信三再度聽到少女的聲音。並非哭聲，而是在他耳畔輕輕呢喃著：「你來了、你來了、你來了……」

不愧是陰魂不散的神祕力量，就算踏上黑眷村的土地也謹守本份，每天熱切地和他打招呼，三不五時聽見已經是家常便飯，要不習以為常也很困難。可以肯定的是，來黑眷村是正確的決定，或許真能在這裡終結詭異的騷擾。

信三神色自若地拿起相機將黑棺林立的景象拍攝下來，透過電子郵件傳給高富帥與博物館男性。

少女的聲音一直持續到他正式看到黑眷村時乍然停止。

和《怪譚殘卷》裡所形容的樣貌已經大不相同，本來是古色古香的村莊被財團法人介入改建為流裡流氣的觀光地，四處皆有各式各樣小吃、餐廳、精品飯店、紀念品及伴手禮購買商區等等，離過去五十年前駭人聽聞的百人葬形象相差甚遠，現在已經是個任人踐踏的地方。

但信三沒有一絲惆悵與徬徨，毫不在乎地犧牲生命的場所，無論變得多落魄都是咎由自取。

「該怎麼說……跟我想像的黑眷村好有落差。」信三望向附近忙得不可開交的鯛魚燒攤販，為了增加買氣，將鯛魚的模樣改成棺材樣式，還特別使用混入黑芝麻的麵粉，讓外觀更符合村莊引以為傲的黑棺樣貌。

與信三擦身而過的人拿著極不相襯的手搖杯與可麗餅，此外還有大包小包的紙袋和禮盒，一路看下來，最受歡迎的商品是珠光寶氣的黑月香水，用七彩琉璃瓶盛裝，看起來價格不菲。

環繞村莊的是 Art Deco 風格的飯店、青春系蘋果綠民宿與尊爵不凡的水晶旅館，五光十色燈火璀璨，點綴娛樂商業為主的不夜城。

信三掏出手機欲尋找先前預訂的旅店位置時，櫻庭愛生突然壓低聲音對他說著：「三點鐘方向，穿著深色旗袍正在編織手環的那位女性，應該是黑眷村民。」

經櫻庭愛生提醒，信三不敢太過張揚地打量過去，見到的是身形嬌小、約四十歲以上面無表情、靈巧編織手工藝品的婦女。那雙呆滯混濁的眼眸讓信三提高警覺，但他對櫻庭愛生能看穿對方身分這點匪夷所思，究竟是從什麼地方辨別村民與進駐業者的不同？

「怎麼察覺的？」信三同樣壓低聲問著。

「她的左手腕有黑月圖騰，採用傳統刺青方式，用針沾取染料一點一滴刺上去。」

信三頓時瞇起眼。他嚴重懷疑櫻庭愛生的視力是接近極限的三點零，這位婦女穿著長袖旗袍，袖口的部分幾乎要蓋住手掌，他還是有辦法在婦女編織手環露出腕骨的瞬間看到一小部份黑月的圖案。

有了這個線索，在抵達飯店途中，信三不著痕跡地觀察周遭人，一路上發現有幾位皮笑肉不笑的路邊攤年輕店員，手腕上有黑月的刺青。

這樣看來，黑眷村當地居民似乎會在手腕上刺青，但這點在《怪譚殘卷》並未提及，或許是轉型為觀光景點不得不為的措施。

入住的旅館十分親民溫馨——價錢親民擺設溫馨，房間大小僅有八坪，只提供旅客洗洗睡這麼基本的需求。

信三在前往黑眷村之前三番兩次告訴櫻庭愛生「抱歉這次要住的不是什麼高檔飯店，搞不好你的奧斯頓馬丁還比較好睡」，而櫻庭愛生只是聳聳肩沒有太多意見。

話是這麼說，但當打開門看到簡陋無比的床與老舊電視時，兩人還是愣在原地足足三秒才把行李放進去。

可喜可賀的是房間很乾淨，而且電源插頭座有兩個，至少保障手機的存活率。信三很快就將生活所需打理好，包括室內拖鞋（附帶一提，是自備的）、天然中藥驅蚊包、家庭號濕紙巾與除塵紙。先把行李擦拭一遍後，拿出隨身攜帶的手札、原子筆與修正帶，向櫻庭愛生使個眼神，兩人便準備前往旅店大廳好好詢問有黑月刺青的櫃檯小姐。

不過，走出房間要把門關上時，信三聽到隔音效果不怎麼好的門扉另一側有摳摳摳的敲門聲……他和櫻庭愛生都在走廊上，房間照理來說不會有其他人。敲門的手勁時而溫柔時而粗暴，摳摳摳轉變為碰碰碰也許只有零點五秒，彷彿房間裡囚禁一名精神病患者。

「要開嗎？」信三望向櫻庭愛生。他的手緊緊握住門把，儘管已經用鑰匙鎖上，可他仍覺得裡面那不知名的東西有一百零一種方法可以打開這道門。

「讓我來吧。」櫻庭愛生擋在信三面前，二話不說便把房門打開，出現在兩人眼前的是散落一地的黑月花瓣，以及一只半開的黑棺。

睹見黑棺躺在房間裡面，信三那刻感覺自己的心跳猛烈到幾乎要跳出胸口。

如果他沒記錯的話，《怪譚殘卷》是這麼寫著——

黑棺生祭最忌諱將棺木蓋上之前，祭品不堪折磨死去，屆時除了更換祭品以外，還得面臨怨靈的侵擾。

以泯滅人性的手段進行祭祀，黑棺裡拘禁凶惡殘暴的生靈。若將黑棺開啟，無以名狀之物將帶來難以計量的災厄。

但眼前這口棺木卻自行打開，信三剎那有種離死期不遠的錯覺，儘管他的外表相當鎮定猶如日常生活裡那張不苟言笑的臉，可他內心此時此刻極度崩潰。

「棺材的色澤一致，看來不是從村莊外圍豎立的黑棺群墓裡出土。黑眷村習慣將棺材一半埋入土中、一半裸露在外，經年累月與空氣接觸的上半部顏色會變淺，吸收土壤細菌養分的下半部則會變深。」信三一邊平靜說著一邊膽戰心驚探頭觀察棺材內容物，裡面只有一張照片，照片裡的那個人是過世七年的父親。

崩潰的心情在那一刻徹底煙消雲散，換來的是困惑與不解。

為何父親的照片會出現在這裡？

攝影地點是父親任教高中周圍的街景，要不是父親已經去世，不然他還真以為這是近期拍下的景象。

將照片翻到後面，信三的臉色凝重起來。

很娟秀的兩行字，他似乎又聽見少女哭笑參雜的聲音。

每日午時不期而遇，我深愛著你。

即使你對我一無所知。

第六章

解禁癡情原型

第六章

解禁癡情原型

「我絕不是邀功，但這次您任勞任怨的後輩可是透過不少關係打通許多人脈才查到《怪譚殘卷》的作者來歷，信三先生往後一定要好好關照我才行。」

手機傳來高富帥精神奕奕的嗓音，坐在旅店大廳休息區廉價的沙發上，信三突然覺得十幾分鐘前遇到的靈異事件像作夢一樣。他先前有請高富帥幫他調查《怪談殘卷》的作者，原以為要等上好些時日，想不到這麼快就有下文。

「客氣了，我一直很妥善地照顧你，難道沒感受到我的誠意？」

「你所謂的照顧是指介紹鬧鬼的溫泉旅館給後輩嗎？」高富帥小小打了一個哈欠，「不提了，反正事情已經過去而且我活得好好的，不過前輩的聲音聽起來很疲倦，舟車勞頓您的身子骨還好吧？」

「沒什麼，水土不服而已。」總不能把空無一人的房間傳來敲門聲這事給說出去，肯定會被高富帥拿來當小說題材推薦給手邊的作家。

「所以，你那邊有什麼線索？」

「《怪譚殘卷》的作者是位民俗學者，經常遊歷東南亞，拜訪各地偏僻落後且迷信的地方，我有連絡上這位作者的責任編輯，從他口中聽說民俗學者幾件有趣的怪癖。這人收藏不少奇珍逸品，比如驅魔避邪的符咒、養小鬼、塵封四十年以上的蠱甕以及屍油……我相信這位民俗學者應該還未婚。儘管《怪譚殘卷》是一本恐怖小說，但責任編輯再三強調裡面的內容百分之九十九點九九九是真實記錄，說實在他這麼用心良苦告訴我也沒用，因為那本書已經絕版很久了。」

「民俗學者目前在哪裡，你有問到嗎？」信三說著。

輕聲嘆了一口氣，高富帥語氣惋惜回應，「不幸的消息，那位學者失蹤差不多快兩年。」

「失蹤？」信三只能扶額，「這是怎麼回事？」

「三年前出版社有意邀請民俗學者再寫一本類似《怪譚殘卷》的小說，學者爽快答應後便去湖南湘西研究趕屍，本來前幾個月還有與責任編輯書信往來，討論劇情細節，但之後就斷了音訊。出版社雖然四處打聽民俗學者的下落，可惜沒有令人滿意的結果。」高富帥停頓幾秒，像是自言自語般地開口：「就以同樣喜歡跑危險地區進行取材這點來說，櫻庭愛生的運氣真的好到不可思議。」

——會作下這個結論代表你還不瞭解櫻庭愛生，比起這傢伙，殭屍都算溫柔體貼楚楚可憐。

信三忍不住在心裡感嘆高富帥涉世未深。

沒想到民俗學者這條線索無疾而終，看來只能想辦法在村民身上打聽更多情報。和高富帥結束通話後，信三抬頭看到櫻庭愛生從櫃檯走過來，不曉得他是否成功在態度冷淡的櫃檯小姐口中探聽到新訊息。

「明天早上七點步行到黑眷村的雨林，大約會花上二十分鐘，雨林裡有史料館，或許可以從中得到一些蛛絲馬跡。」櫻庭愛生將目光移到旅館外燈火通明的美食區，「先解決晚餐吧，我們再來想想明天的行程。」

信三點了點頭，便和櫻庭愛生找間彼此都有興趣的店，各自點不同口味的咖哩邊吃邊討論接下來的規劃。

「居然把史料館設置在雨林裡，看來建築規模並不大。」吃著微辣的南洋海鮮，信三面不改色地將紅辣椒肉桂茴香椰漿搗成的醬汁，滿滿淋在白飯上頭，至於櫻庭愛生則是點很傳統的咖哩雞，而且面有難色地緩慢進食……信三明白大少爺吃不慣鄉間野味，被精緻美食養刁的櫻庭愛生恐怕會覺得黑眷村的每一餐都是考驗。

「讓你有個心理準備也好，那座雨林被開發作為觀光景點，因此有許多人工搭造的走道和設施，可能與你想像中保留原始面貌的亞馬遜熱帶雨林相差十萬八千里。」

吃了幾口，櫻庭愛生終於放下湯匙，直接將咖哩雞肉飯推到信三眼前，

「史料館同時也是雨林步道休息區，管理員只有一位，和他打聲招呼就能進去翻閱書籍。」

太令人訝異，沒想到那位冷若冰霜的櫃檯小姐竟然透露這麼多。

信三用叉子展現高超技術把蝦子的外殼剝落，接著慢條斯理地塞進嘴裡。

可其實也不大意外，櫻庭愛生俊美的外貌時常讓他無往不利解決各種麻煩，想必這傢伙應該只對小姐說一句「是否有黑眷村的記載」，小姐大概把知道的部分全一五一十地招了吧。

「不曉得會在那地方耗多久，等等去超商買麵包，明天好帶上路。」將南洋海鮮吃完的信三很順手地調換了盤子，把櫻庭愛生沒吃幾口的咖哩雞肉飯放在眼前，「希望能找到黑棺生祭的貢品名單，以及這種儀式更精細的資料。」

儘管如此，信三心裡多少有個底。他三番兩次被少女不分晝夜騷擾，最大的原因可能是出在過世七年的父親身上，但他不認為父親與黑眷村能有什麼關係。

這般篤定的原因在於父親這生唯一戀慕的對象只有母親，一家三口平安快樂的時代，母親經常提及「媽媽可是爸爸的初戀與最想一起走紅毯的對象」。一對眼中只看到彼此的戀人，即使擁有以愛為名的結晶，在過度深情的環境下長大的孩子，有記憶開始便明白他不會是父母心中的第一選擇。

因此看到照片後方的留言——我深愛著你，即使你對我一無所知——信三那瞬間的心情夾雜著厭惡與同情。

父親被不知名的人所戀慕，那個人無論條件有多優秀容貌如何出眾，都註定無法得到父親一絲一毫的情感。

話說回來，那個人十之八九與黑眷村有關連，但父親都過世七年之久，為何現在才引導他來黑眷村？信三越想越陷入不解中。

「在為照片的事煩惱嗎？」櫻庭愛生的態度顯得不自在起來，他鮮少談話時不看著人，但現在卻將視線放在餐桌水杯上。

這是信三第二次見到櫻庭愛生不知所措的模樣，第一次是談起兄長的事「他肯定會在我人生最幸福的時候徹底毀了這一切」，對親情與家庭幾乎沒有概念的櫻庭愛生，不知道對目前發展抱持何種觀點，信三突然想聽聽他的意見。

「我猜測這一連串不尋常的現象八成與父親有關，可我相信他的為人，只是一方面仍思索著繼續探究下去，是否會得到我不願去面對的真相。」信三露出無奈的苦笑，「好比說，屹立在村外無數的黑色棺材，其中一具放著父親的屍體……但這是不可能的，他的棺木有上鎖，鑰匙在我母親身上，她就是打定主意不讓親戚去撿骨。」

「他當初的死因是？」查覺到問題太過尖銳，櫻庭愛生緊接著補充，「我方便知道嗎？」

「連環車禍。他的身體被擠壓得不成人形，外祖父找來技術一流的遺體修補師，這才恢復他原本的樣貌。父親生前與母親娘家並不和睦，外祖父很反對這樁婚事，致使父親死後外祖父才正眼看他，也答應了母親的請求，將他安葬在家族墓園裡。」

「……」櫻庭愛生有些欲言又止，信三查覺到他難以啟口的神色，只好開口問了：「怎麼了嗎？」

「不是什麼要緊事……只是對你使用的稱謂有些吃驚，我以為你對家人會使用更親暱的稱呼。」

「以前會使用，但現在沒有辦法。」信三神色黯淡帶著自嘲的口吻說著：「父親死後，母親對我的情感一夕之間蕩然無存，那個時候深切感受到人的情感有多麼不堪一擊。這麼生疏的稱呼，就像我和家人的關係一樣，相敬如賓。很失望吧？我不是個完美無缺的人，相反的，缺陷不比你少。」

以前老覺得櫻庭愛生的生長家庭異於常人，卻沒注意到其實他這邊也是半斤八兩，也許是因為從小到大得到的情感都虛幻得不切實際，所以才會這麼……不斷去試探愛情的真實性。信三沒有說出口，他相信櫻庭愛生會明瞭。

「謝謝你願意對我說出口。」櫻庭愛生輕聲說著。他本來想碰觸信三的手，但礙於大庭廣眾之下，只好拿著結帳單去櫃檯付款。

信三怔怔看著他的身影，直到櫻庭愛生都快走出咖哩店，他才起身離座跟上腳步。

櫻庭愛生一如既往，迂迴而言拙地原諒他。

其實他比櫻庭愛生更不坦誠自己的過去，與其說是不坦誠，確切來說是，他對櫻庭愛生甚至周遭人都隱約帶著防備心。不論是來自什麼樣的家庭、親子互動如何、對人事物的感想、喜怒哀樂等等，他鮮少直接讓櫻庭愛生知道。

遇見櫻庭愛生之前他習慣獨自一人，為了適應善變複雜的社會，巧妙地與他人保持理想的隔閡，不讓人僭越、同時也不侵略他人。

櫻庭愛生或許早已看穿他那份虛張聲勢的自尊心，選擇用時間慢慢讓堤防瓦解，不論要花費多久。明明在好幾個月前，是個對任何事漠不關心也無動於衷的冷酷青年，如今為了他願意做到這種地步……信三意識到自己不需要花費心思去驗證櫻庭愛生對他的情感，他決定從現在開始，每天試著和櫻庭愛生分享自己的心情，一點一滴拉近兩人的距離。
然後，他深信這段戀愛，總有一天會讓彼此成為更好的人。

回到旅館舒服洗了澡之後，信三把明天要去雨林的行頭準備好，像是記事本、防蚊液、相機都絕不可少，拿手機調整起床時間才發現大學朋友、高富帥、博物館男性都傳了簡訊給他。

首先是某位與女友愛情長跑八年的人生勝利組終於要步入禮堂，可喜可賀，仗著新郎有無限權力，居然要一干子好朋友參加婚宴時，務必戴上貓耳頭飾慶祝，因為未婚妻是無藥可救病入膏肓的貓派……要不是念在眾人有鐵一般的交情，信三真想來個盲腸炎推掉這場婚禮。

簡訊最下方還附註：親愛的信三，放心吧，我寄喜帖給你時會免費附上貓耳頭飾，總共有兩份，歡迎你帶男友一起來。

這麼有事的喜宴我才不會去。信三當下很想這麼回覆，但最後還是咬牙切齒地發送回應：去死，幹完這場，我三年內不想看到你。

他有預感，特別喜歡興風作浪的好友絕對會在當天要求所有來賓在每句話後面都加上「喵」，於是就變成「恭喜結婚喵」、「新娘真是美呆了喵」、「就算是客套話也得稱讚一句郎才女貌喵」、「到底是要喵多久啊喵」……光想像就讓信三寒毛豎起，冷汗直流。

至於櫻庭愛生，接受跟拒絕各占一半，這傢伙完全是看當天心情辦事，有可能早上下雨不想出門（但喜宴是在晚上），也有可能傍晚看到豪雨特報就非常配合地對新婚夫婦道賀「百年好合喵」。信三決定從黑眷村平安回家後，再告訴櫻庭愛生這件事，現在才六月而婚禮在九月，不急。

高富帥，這貨的簡訊有十二封，為了方便閱讀還很貼心的在標題寫上編號，以免信三看錯順序。一般手機簡訊最多發送七十個字，十二封簡訊高達六百五十三個字，高富帥很講究地分段換行，展現小說編輯到哪裡都很重視排版的職業病。

不多說，六百五十三個字全是用來抱怨信三不在的期間，行銷美編甚至辦公室掃地大嬸有多喜歡吃他豆腐、那位只有描述女性容貌身材很上道的奇幻作者有多難溝通、很想念前輩不苟言笑尖酸刻薄的臉。

認真說來他們不過二十三小時沒見而已，連一天都還不到，高富帥居然洋洋灑灑寫十二封簡訊給他，六百五十三個字都能當小說簡介了，深呼吸一口氣，信三很爽快地已讀不回。

最後是博物館男性，寄來的訊息只有短短一句話：切莫忘記絞殺榕的美學。

絞殺榕的美學？這究竟是什麼意思？信三趕緊回信追問，沒想到才剛把訊息寄出沒多久，便收到「無此號碼使用者」的提示。

看到這行字，信三內心頓時萌生不好的預感。

「你的臉色好差。」櫻庭愛生從浴室走出來，睹見信三肅穆沉重地直直盯著手機，「發生什麼事了嗎？」

「在想黑眷村與父親可能有的關聯。」

信三把手機放在充電座上，他預計明天去雨林前再發送簡訊給博物館男性，倘若依舊無法接收的話，可能得調查那名男性的來歷。截至目前為止，從埃及創世神亞圖姆黃昏生祭到黑眷村，甚至是《怪談殘卷》，他小心翼翼不放過一絲細節，唯獨那位男性。說來，每次與那位男性接觸時總會有莫名的違和感，究竟是什麼樣的感觸，信三無法具體說明，但絕非是正面情緒。

「你認為這張照片是什麼時候拍攝的？」櫻庭愛生拿起桌上信三父親的相片，看了一會兒，接著抬頭將視線移向信三，似乎在尋找兩人相似的地方。

「好問題，這張照片十之八九是偷拍。」

信三攤開在旅館大廳供遊客自行拿取的黑眷村導覽地圖，除了雨林史料館必須造訪以外，其他值得參觀的地方只剩歷史展覽區，裡面放置黑眷村各個時期獨樹一格的黑棺樣式。

「他不大喜歡照相，除非跟母親合影，父親是高中老師，上下班都是開車來回，沒什麼機會出現在街頭。當然，還有一個可能，就是前往超商繳費、購買生活日用品。」

「我有個想法，想聽聽嗎？」櫻庭愛生將照片放回原位，他平靜地看著信三的身影，而信三正注視黑眷村導覽地圖，全然沒發現他露骨的目光。信三本人沒有意識到他平時一些動作所代表的意義，心煩意亂之餘會試圖轉移目標，好比說現在，他其實沒必要去看導覽地圖，櫻庭愛生已經記下黑眷村所有路線與位置，絕不會出錯，可他還是邊觀察邊思索明天的路線。

「你說吧。」信三終於將注意力放在他身上。

「假設黑眷村裡面有位女性曾到外地工作，並在超商或賣場與你父親有過幾面之緣，就構成留言所提到的不期而遇。七年前的意外事故，與你父親毫無瓜葛但暗地戀慕的這位村民為了某種執念，回到黑眷村進行不為人知的計劃。」

「你是說……黑棺生祭嗎？」信三將手抵在下巴沉思，猶豫道：「畢竟是個做什麼事都有理由犧牲的地方，不過我很懷疑村民的性情是否還像以前一樣殘暴，都開發成觀光景點，如果持續進行不人道的祭祀很容易就被發現了。」

「所以我懷疑那位村民進行計劃的時候，黑眷村還沒有轉型。那麼有很高的機率是，你父親身亡沒多久，這位村民便開始著手她的目的。不論她想要什麼，恐怕都是以失敗收場，但這僅僅是我的推測，也許史料館有我們意想不到的答案。」

「你說的推論很有可能，我在想那位村民究竟希冀怎樣的結果，若他們曾經碰過面，想必很快就瞭解父親已經有家庭了，他從來沒有把婚戒拔下來，既然如此，對方為何還要抱持毫無回報的單戀？」信三納悶說著：「如果對方深愛著父親，難保不會對母親產生嫉妒，可前陣子我去探望她的時候，她一句話也沒有提，看來還沒有發生什麼亂子。儘管現在都是你我的猜測，可我實在很擔心那個人會對父親或者母親做出難以收拾的事。」

「用生祭復活你父親嗎？這或許是對方的願望也說不一定，無論如何今天先早點休息吧，明天得花許多心神在史料館裡。」見到信三那張略帶陰鬱的臉龐，櫻庭愛生握住他意外冰涼的手，「不管發生什麼事，我們一起面對。」

信三只能惆悵看著櫻庭愛生蒼白修長的手指，他有預感今晚會相當輾轉難眠。

樹林陰翳，鳴聲上下，身子沾染一層細汗，信三拿出手帕擦拭額頭與臉頰上迎風而來的塵土。

父親那過於高瘦單薄的背影與他近若咫尺，即使如此，父親還是會時不時回頭看他有沒有好好跟著。

信三想起來了，高中畢業那年全家去外縣市登山，好勝又倔強的母親在出發前說了「這次來比賽吧，誰要是第一個走到終點處，就能決定晚餐要吃什麼」。然而就算不這麼做，父親也會無條件禮讓她，甚至放慢腳步幫助母親順利取得第一位。

只不過這次的放水太嚴重，一不留神，幾乎快見不到母親的身影，正當父親打算一鼓作氣快步接近母親時，有其他登山民眾向父親詢問深山瀑布要往哪裡走。父親簡單扼要交代完，想不到又被民眾問及其他雜事，像是附近能夠住宿的地方、比較好吃的餐廳等等……一開始父親還很熱忱地指點，到最後耐心漸漸快被繁瑣過多的問題磨光，索性只能無奈說著「我太太如果回頭見不到我會非常擔心，誠心建議各位下次要登山前最好做足功課，我們就先走了」，信三認為這些話如果能提早三分鐘開口，就不會連母親的車尾燈都看不見。

然而，信三對父親那時說的一句話印象深刻。

——我太太如果回頭見不到我，會非常擔心。

不是「我們」，是「我」。

更深一層意義，信三不願多想。

走下石階再一個迴轉就能與母親會合，信三默默跟著父親的腳步，將頭上過長的枝葉輕輕拉開，往右邊望去那瞬間，看到的不是應該要出現的景色，相反的，是一大片黑月花綻放滿地、無法看到盡頭的景象。

信三隱約察覺自己處於夢中，或許貼切點來說應該是三秒前都還待在夢裡，現在就像是被人從虛幻的烏托邦拉到地獄邊境，一切突然真實起來。

籠罩在古銅色的滿月下，隨風飄逸的細長黑色花瓣，妖異得不可思議，詭譎森冷的黑棺凌亂聳立在地上，信三看見不遠處有一名女子的身影，他提高警覺慢慢靠近，隨著兩人的距離越來越縮短，那陣熟悉的哭聲在他耳邊逐漸清晰。

錯不了，這名女性應該就是引導他來黑眷村的人。他看見女性左手腕有黑月的刺青。

女性披散及腰黑髮，在夜風蕩漾下宛如深海裡飄盪的海草，她纖細的右手緊緊抓著暗紅色的磚塊，左手壓著一名三歲孩童，毫不猶豫拿著磚塊狠狠壓碎孩童的手臂！

不——信三欲阻止女性殘忍的舉動，沒想到此時他卻動彈不得，只能眼睜睜看著孩童被女性搗碎四肢。大量鮮血濺在周遭花朵上，孩童的雙眼與嘴巴皆被麻布牢牢綁住，看不到也發不出聲音，傳進信三耳裡的只有磚頭沉重的撞擊聲。

女性趁孩童還有意識之際，將他塞入準備好的小小黑棺裡，在闔上棺材前，信三聽到她用清脆如鈴鐺般的嗓音不斷呢喃著：「讓我再見你一眼就好、讓我再見你一眼就好、讓我再見你一眼就好……」

啊啊他明白了。一切全是為了那個在午後不期而遇的男人，她被純粹且盲目的戀愛逼上絕路，不惜摧殘生命只求能再看到對方一面。

何等愚蠢至極又自以為是的愛情？

信三難以抑止憤怒地別過臉，周遭倏地寧靜得沒有一絲聲響，他緩緩轉過頭與女性四目相交的那一刻，手機傳來鬧鐘的鈴聲。

信三睜開眼睛要將手機鬧鈴關掉時，才發現自己流了一身汗，也是，做了這麼逼真恐怖的夢，是該受到不小驚嚇。他往旁邊看過去，棉被摺疊得整整齊齊，櫻庭愛生坐在老舊的沙發椅上，目不轉睛盯著筆電螢幕。

「什麼時候醒的？」信三起身時覺得肩膀有點僵硬，他試著緩慢轉動幾圈，這才減輕不適感。

「四點。」櫻庭愛生倒了一杯白開水給信三，「我在調查先前觀光建設財團法人與黑眷村洽談時的記錄。」

「有何新發現？」

「平淡無奇得讓人失望。」櫻庭愛生靠在椅背上，對調查結果既不沮喪也不氣餒，冷靜的聲音聽不出有什麼起伏。

「原本就不期待兩方接觸會產生暴力衝突，黑眷村再怎麼離經叛道也明白人際社會的生存規則，將不名譽的事蹟赤裸裸搬上檯面絕非明智之舉。還有一點，大約八年前黑眷村曾有人口外移現象，推測是受到外在環境誘惑離開村莊，這對高齡化問題日趨嚴重的黑眷村來說是一大打擊。」

「因此才會這麼心甘情願變成觀光景點嗎？」信三問著。

「可以這麼說。由於有人口外移的記載，或許能解釋為何你父親會遇上黑眷村的人。」

提到父親，信三不禁回想剛剛的夢境。女性很有可能為了再見父親一面，想藉由黑棺生祭達成願望，到底生祭能不能使人復活還有待商榷，可以肯定的是，那名女性與黑眷村脫離不了關係。

「我先去沖個澡。」信三從行李裡面拿出乾淨的衣服，走過櫻庭愛生身邊時，驀地右手被他輕輕拉住。

「你做惡夢了？」櫻庭愛生微微抬高頭，信三被那雙漆黑眼眸注視，只能心虛地撐起淺笑。

「夢到過去一些微不足道的經歷。旅館附近好像有早餐店，不曉得有沒有賣豆漿？」

明白信三的意思，櫻庭愛生鬆開手準備出門。

「豆漿和飯糰？」

「飯糰不要加肉鬆。」信三笑了笑，看見櫻庭愛生離開房間，這才重重吐出一口氣。

持續說謊只是不想讓櫻庭愛生認為黑眷村惹事生非，信三清楚這個人的道德底線有多低，倘若他將目前遭遇毫無遺漏地告訴櫻庭愛生，也許會招來一發不可收拾的後果。

話說回來，夢中那位女性儘管行為舉止使人不寒而慄，容貌卻清秀亮麗、脫俗高雅，年齡大約二十五歲左右，右眼下方有明顯的淚痣。要是有個近二十年黑眷村人口登錄名冊或網站，那就好辦事了。

扭轉開關，試圖讓冷水清晰思緒，信三不斷想著靈異事件要怎麼解決。從《怪談殘卷》裡的描述可以得知黑眷村是個遇上問題只會使用生祭排除疑慮的地方，但這個方法無法適用在他身上，若最後發現擺脫女性糾纏的唯一門路僅有黑棺生祭的話，可能到時不得不和櫻庭愛生做出決斷。

信三獨自想著，直到浴室門外傳來櫻庭愛生的聲音，他才將水龍頭關掉，換上衣服走出去。

「在中式餐飲店等候時聽到一些消息。」櫻庭愛生將豆漿與飯糰拿給信三，他本身像是不怎麼有胃口般只喝一杯紅茶拿鐵，「昨天有旅客去黑眷村不遠處的原生植物林，遭大型動物襲擊當場死亡，據聞殘留的屍體只有半邊臉與左手臂。」

「居然發生這種事……」信三微微蹙眉，「那個原生植物林我在來黑眷村之前有稍微調查過，只有山羌、獼猴之類的動物罷了，沒有棲息大型肉食動物的跡象。」

「襲擊旅客的可能不是動物，也許我們應該好好調查黑眷村五年來的失蹤人口。這方面史料館八成沒有對應資料，我先上網找看看相關訊息，希望會有。」櫻庭愛生二話不說打開螢幕，全心全意搜尋失蹤人口名單。

這個人也只有處理和他有關的事情才會這麼積極。信三喝著沒什麼味道的豆漿，被層層謎團籠罩包圍的他，不知為何想起櫻庭愛生過去出版的一本小說。故事敘述主角十七歲那年，他疼愛有加的妹妹被人棄屍在深山裡，為了復仇，他筆直往權威人士的道路邁進，終於成為名聞遐邇的外科醫生，他用精湛高超的醫術將過去殺害妹妹的人慘忍地置於死地。

血債血還的同時，他無可救藥地對凌虐上癮，設下精心安排的圈套引誘無數人踏入陷阱，沉迷在救贖與殺戮的迴圈中，即使部分內心因毫無節制的暴力獲得短暫滿足，他仍然覺得痛苦。

出於排遣無聊的心態，醫生收留被家人棄養的少年，給予無微不至的關愛藉此彌補曾經失去的溫暖，當他以為少年會心甘情願留在身邊時，少年無意中發現醫生不為人知的興趣。

為了不讓少年脫離他的掌握，醫生弄傷少年的手腳阻斷去路，囚禁在無比奢華的房間裡。不惜做到這種局面並非是他體內異常殘暴的性格所驅使，而是對純愛的執著讓他屈膝跪地，將精緻的食物送進手腳殘廢只能被人服侍的少年嘴裡。那怕是一點點，醫生也不願意少年誤解他的情感，於是將戀慕化做文字贈送給摯愛：

如果所有人抑止咽喉再無雜音，僅有我能呼喚你。

如果所有人四肢百骸粉身碎骨，僅有我能碰觸你。

如果所有人雙眼失明月不能視，僅有我能凝望你。

如果所有人苦痛加身萬劫不復，僅有我能獨占你。

有形之物剎那崩壞的餘輿，錯過而稍縱即逝的扭曲。

血塗染色而成的詩句，敬致狂亂美麗的慕情——

愛我，生命才不會在殘虐中死去。

愛我，生命才不會在殘虐中死去。

字字句句宣示著他對愛不擇手段的決心，但醫生與少年的相遇甚至是最後萌生的情感，全都是他妄想出來的產物。即便如此，那份為愛喪失理性的狂氣，讓信三不禁把夢中的女性與醫生聯想在一起。

將豆漿和飯糰吃完後，信三試著發送簡訊給博物館男性，和昨晚同樣收到「無此號碼使用者」的提示。

本來就不怎麼明朗的心情看到這幾行字，瞬間都跌落到谷底。博物館男性的身分相當可疑，但現在沒有多餘的時間去收集男性的出身來歷，只能等從雨林史料館回來再說了。

「信三。」櫻庭愛生抬頭說著：「過來看一下吧。」

櫻庭愛生離開座位將沙發椅讓給他，信三抱持平常心將網頁卷軸往下拉，隨著瀏覽的資訊越來越多，臉上的表情也逐漸凝重起來。

他不得不佩服櫻庭愛生的調查能力，儘管將關鍵字放進網路搜尋欄位裡不是什麼難事，但能否在廣大的網域裡面找到核心資料是個問題。

從六年前開始，黑眷村周圍地帶每個月至少有二到四個失蹤名單，大部分都不是本地住民，而是從其他縣市來黑眷村附近進行生態考察、工作、旅遊等異鄉人。其中，最令人屏息的是失蹤名單裡，都會有一位出生在五月十三日的人。

轉型為觀光景點以後，從三年前起，每個月至少失蹤一位生日為五月十三日的人漸漸增多起來，在去年發生了一個月高達五位失蹤人口這樣的數字。同時，也開始出現不是在五月十三日生日，但離這天非常接近的失蹤者。

信三打開櫻庭愛生已經新開好的網頁，螢幕裡顯現的是昨天遭大型動物襲擊身亡的遊客在生前使用的社群網站，上面所登記的出生日期是五月十二日。

「看來不是巧合，每個月都有一位五月十三日出生的失蹤者，而且是從六年前開始，照昨天發生的事件判斷，這些失蹤人口應該不是黑棺生祭的人選。雖然不知道黑眷村有什麼企圖，但他們是用什麼方法讓五月十三日出生的人來到這裡，真是令人納悶。」信三垂下頭不解地低語。

「黑眷村會寄送招待券給符合資格的民眾，我有追查那些失蹤者的部落格，半數以上的人都收到觀光業者寄來的廣告信。」

經櫻庭愛生一說，信三才恍然大悟想起高富帥曾提及這件事，那時聽聞沒有多加放在心上，想不到現在變成重要的線索。

信三望了手錶一眼，此時出發差不多能趕上史料館開門，「總之我們先出發吧，要是史料館能找到更多資料，也許我們離謎底就不遠了。」

櫻庭愛生點點頭，旋即與信三一同前往黑眷村雨林。

第七章

黑月罪狀

第七章

黑月罪狀

六月悶熱的氣溫從日出過後便居高不下，儘管信三特地挑選透氣輕薄的襯衫，仍不敵溽暑難耐的溫度，頓時感到頭暈目眩。

「我們到那邊休息一下。」櫻庭愛生指著不遠處的長椅，可惜被信三一口回絕。

「不了，離雨林只剩幾步，只要走進去或許會比較涼快些。」信三不願在這個節骨眼上拖累櫻庭愛生，一是他想儘快解決靈異事件的糾纏，二是，他迫切想釐清那位女性與父親之間的來龍去脈，女性究竟有何企圖？而她現在又身在何處？若是繼續對發生在身上的事一無所知，恐怕到最後不只是他，連櫻庭愛生也很難脫身。

櫻庭愛生見信三如此堅持的模樣，只好謹

慎配合他的步調，一同踏入雨林。

關於這個地方，有個不得不說的變遷。

信三在《怪談殘卷》上看過民俗學者繪製的黑眷村地圖，理所當然是十年前版本，占地面積九點九平方公里，戶數五百一十三，總人口兩千五百二十九人。在《怪談殘卷》裡沒有將雨林列入黑眷村的範圍，事實上是觀光財團法人進駐後，對雨林進行大規模工程，並以「從繁華到寧靜、從文明到森林，只需一個轉身」作為宣傳口號，甚至用世界三大都市型雨林來稱呼，吸引許多不知情的民眾投奔大自然的懷抱。

開闢景觀步道、遊園列車與天空吊橋等等設施，雨林的生態其實已經被破壞殆盡，現在僅存的只有空殼。

雖然對過度開發的雨林不期待，可一眼望見生氣蓬勃蓊鬱成蔭的景色，信三憂悒懸心的情緒頓時和緩不少。

「有見到那些白色的蛋嗎？」櫻庭愛生突然拉住信三，用眼神示意他往九點鐘的方向看。

白色的蛋？信三抬高下巴看了看，確實在草叢裡有幾顆表面粗糙的蛋靜靜躺在那裡。

他沒想到櫻庭愛生這麼好興致，時間緊迫之餘還不忘關心四周環境。

「看到了，這是來自什麼品種的鳥？」信三問著。

大學三年級時他曾經和朋友一起去博物館觀賞各種不同的鳥蛋，那是個非常獨特的展覽，他前後去了三次，對棕頭鴉雀產下鮮豔的天藍色蛋殼印象深刻。

聞言，櫻庭愛生笑了幾聲，「很可惜，它不是真的蛋，而是一種名為阿切氏籠頭的菌類，發育成熟時會張開暗紅色的觸手，並散發普通人輕嗅一秒便會無法忍受倒地昏厥的腐敗氣味。我們的運氣很好，完全避開它恐怖的生長期——不然你聞到可能會想迅速逃離黑眷村。」

恐怖的生長期，第一次從櫻庭愛生口中聽到這麼高端的形容詞，想必他也對這種菌類瀰漫的味道敬而遠之。

「至於那邊的黃色小花也很有來歷，諾斯登山柳菊，曾經完全絕跡，意外地在二〇〇二年以後再度現身，算是自然界中的奇蹟。」櫻庭愛生邊說，邊用相機將諾斯登山柳菊照下來。

那個時候信三才發現，櫻庭愛生對黑月不感興趣，看到大片盛開綻放的壯觀景緻，他只是輕掃一眼走過，全然沒有攝影留念的意思。

若非櫻庭愛生告訴他這個雨林與眾不同的地方，在滿腦子對史料館的執念下，對這些值得停下腳步細細品味的生物擦身而過，著實喪失兩人一同出遊的樂趣。

信三注意到附近也有絞殺榕，被它緊緊包圍的棕櫚樹已呈黑色，看來無法存活太久。

他不得不與博物館男性作聯想，那句「切莫忘記絞殺榕的美學」是什麼意思？男性接近他又是抱持何種動機？至今這些謎題仍令人費解。

無論如何，男性介紹黑眷村的理由就算心懷惡意，與櫻庭愛生來到這個地方是他的選擇，他絕不會把自己一連串的遭遇推卸給別人。

「被周遭的綠葉樹影擋住，沒注意到我們離史料館已經這麼近了。」

櫻庭愛生扳開樹葉的同時，信三露出不可思議的表情。

「好懷念的味道，這是什麼樹？」他盯著這些堅挺光澤的綠葉，忍不住湊近細聞，總覺得是非常熟悉的氣味。

「大葉冬青，你的確該對它的味道熟識，冬青具有消腫止痛的功能，是痠痛貼布的主要材料。」

「……其實我一直很疑惑為什麼你沒有肩膀僵硬的職業病，編輯與作家的共通點不該是身上一堆貼布嗎？」

就信三觀察，櫻庭愛生沒有頸肩疼痛與日夜作息顛倒這些煩惱，偏偏他自己老是逢人打聽漢方貼布哪間廠牌好用。

櫻庭愛生只是無奈地笑了笑，他經常提醒信三坐在電腦桌前工作時每隔一段時間要適當休息，但日理萬機的小說編輯始終把他的話當耳邊風，於是下場就變成三天兩頭得跟公司同事一起團購中藥貼布。

「希望裡面有我們想要的答案。」櫻庭愛生走在前頭，引領信三來到史料館前。

黑眷村史料館，外觀就與一般圖書館沒有太大差別，全館三層樓高，在出入口處旁邊有簡餐區，供遊客休息補充水分，民眾不能將館內的刊物書籍帶走，也不開放借閱，至於原因，信三和櫻庭愛生走進去看到全館上下只有一位上了年紀的管理員，兩人心裡不約而同有個底。

名義上的史料館，實質上的蚊子館。因為門可羅雀，有沒有借書系統都不重要了。

「打擾了，想請問這裡是否有記錄黑眷村歷史的書？」信三客氣問著，那名年邁的管理員左手腕有黑月刺青，是當地住民，他已經做好心理準備，可能管理員的態度不會太友善。

「對我們黑眷村有興趣啊。」意外的，管理員露出親切的微笑，「有有有，這邊很多，還分年分呢，你們有想要看的內容嗎？告訴我，我幫你們找找，不然書太多了花一天也看不完。」

跟著管理員上二樓，他熟門熟路地帶信三兩人到某一區書櫃，放眼望去全是好幾排黑色書皮僅標示編號的厚書，目測每本至少都有五公分，信三覺得一天二十四小時真的太少……

「得分工合作了，我調查黑棺的相關記載。」櫻庭愛生對信三投以「至於你，就自己看著辦吧」這麼坦白的眼神，信三說真格的，有時欽佩櫻庭愛生的辦事能力，可大部分是想掐死他的。

自己看著辦的意思就是——找個事情來做然後不要打擾他。

信三的工作效率在公司可是前無古人後無來者，卓越傑出而且可靠好用，自從認識櫻庭愛生，他不禁覺得自己這種程度只是及格而已。

「老先生，我想跟您打聽幾件事。」信三決定抄捷徑直接問史料館管理員，「您對黑眷村應該非常熟識吧？」

「村莊就這麼丁點大，連三千人都不到，這裡每個人我都見過，有些還是從小看到大的。」

「也就是說，您對黑眷村的人知之甚詳？」

「這樣講確實浮誇了點，不過都這把年紀了，什麼人做過什麼事，能不能攤在太陽底下，我都一清二楚。」管理員盯著信三那張臉幾秒，布滿皺紋的雙眼有些銳利，問道：「你看起來不像是來觀光的，曾與這裡的人結仇嗎？」

「結仇這詞太嚴肅了，觀光確實是我來此地的原因之一。」

「那麼另一個原因呢？」管理員問著。

拋磚引玉的做法確實危險了些，但有時說不定有顯著的結果。信三沒有思考太久，便將一連串靈異事件告知給管理員。

「您可能不相信，可我最近不斷遭遇令人費解的事，不論白天或半夜，我經常被女性的哭聲干擾，受到她的指引，我來黑眷村尋求解決之道。」

信三拿出手機，將旅館房間飄散黑月花瓣與半開黑棺的照片給管理員看，「我本來想拿這口黑色棺材給村子裡的人見見，離奇的是，不過一個回頭，棺材就不翼而飛了，幸好在這之前我有拍照下來。既然您是黑眷村的人，我想請您鑑定識別這是否為出自黑眷村的黑棺？」

管理員眯起眼，盯著照片看了許久，發出沉吟般的低鳴聲，這才緩緩開口：「你進來黑眷村之前應該有看到直立的墓群。」

「是。」雖然不知道管理員為何這麼問，信三還是客氣地回應了。

「看到那些直立的棺材，你有什麼想法嗎？」

居然是問我感想嗎……信三暗自扶額。

他對民間信仰傳統習俗秉持著井水不犯河水的態度，既不反感也不贊同，畢竟是流傳幾百幾千年的文化，無論是對是錯，至少都影響部分人類的思維。但信三不認為老先生是想聽聽他的心得與意見，或許黑棺墓群還有他尚未察覺的祕密，如果沒有給老先生一個滿意的答案，包不準老人家會袖手旁觀不再提供更多情報。

就在信三思考該怎麼應對時，櫻庭愛生在管理員看不到的地方高舉手機，以便讓他能見到螢幕上的字。

「七星？」信三不大明白櫻庭愛生為何提示這兩個字，他對天體沒有研究，甚至無法辨識北極星的方位，但說起七星，他還是有些基本常識。北斗七星，常當作指示方位的重要標誌，由於在夜空裡很容易被辨別出來，算是觀星的入門。

「令人意外，真是不容小覷的觀察力。」管理員給了讚賞的眼神，「看在前途無量的份上告訴你也無妨，那些棺材排列的方式是用七星去設計，為了對應七星，棺材前後都有刻字，貪狼、巨門、祿存、文曲、廉貞、武曲、破軍，全是古時七星的名稱。」

——不是我想說，貴村刻字的技術真的是……有待磨練。那麼藝術、那麼前衛，到底誰看得懂啊？完全不覺得那是中文，甲骨文都比貴村的棺材字通俗。

信三禮貌性地點頭，可內心是徹底無言以對的狀態。

《怪談殘卷》對黑棺與七星關係這事隻字不提，信三能諒解民俗學者，絕對不是作者考究不周、深入不夠細微，刻在棺材上的圖案除了村民以外根本沒人知道那是字。

「謝謝您告訴我這麼鮮為人知的事……我可否知道對應七星的理由？」信三問著。

「唐朝密教典籍[7]有記載七星的含意，因此村人將屍體裝在對應的棺材裡，祈求願望能夠達成。貪狼代表逆轉厄運，這種棺材只裝年紀輕輕便去世的未成年；巨門是破除煩惱，我們會在裡面放罪人死後的身軀；祿存是戰無不勝，早期黑眷村跟鄰近村莊互有摩擦的時候，棺材裡裝的是敵人的屍體，現在沒有仗可以打，變成裝殘廢者的屍骸；文曲代表安平和樂，這個棺材只裝自殺死亡的人；廉貞是清理阻礙，活在江湖總有不順遂的時候，若希望命運能暢快通順，就把已死的男性屍身裝在這種棺材裡；這個武曲有些難解釋，比較文藝的說法是原點回歸，白話的說法是人生重新來過，棺材內容物的需求很高級，就是不幸死去的孕婦；最後的破軍意謂死人復活，不用太當真，從古至今哪個人不期望自己能永生不死長命百歲？一個一個做著不老不死的美夢，一個一個墳墓上的草越長越高，人的慾望總是無邊無際，因此破軍的棺材只裝連夢都來不及作的死嬰。」管理員緩緩說著。

死嬰？換句話說，若要讓人復活的話，破軍的棺材必須裝嬰兒。

但信三在夢境裡看到那名女性凌遲的對象是孩童，難道這就是櫻庭愛生猜測的「無論對方有何目的，結果應該是失敗的」，那麼生祭錯誤的情況下，女性又會面臨什麼樣的下場？信三暗地整理手中所有資訊，繼續向老先生探聽。

「貴村刻在棺材的字非常獨特，您知道照片裡的黑棺代表什麼嗎？」

「破軍喔，這是最小的棺材，畢竟它專門裝嬰兒。」

老先生雲淡風輕的口吻忍不住讓信三在腦中解釋成——你以為我們黑眷村都拿同樣型號的棺材來裝人嗎？告訴你，咱們這個村沒有那麼隨便。

「那麼請容我再請教一個問題。」信三將手機收進口袋，臉上斯文的笑意減去幾分，「貴村可能有位女性曾到外地工作，這位女性因某種緣故返回村莊，她有個強烈的願望必須達成，因此犧牲孩童希冀黑眷村古老的儀式能實現她的心願。然而女性用錯方式導致生祭失效，無論如何，有孩童因她的私心而死是事實，我想問的是，這位女性後來怎麼了？」

注釋——

7　這裡指的典籍是《佛說北斗七星延命經》。

櫻庭愛生沒想到信三會這麼直接開口，手中那本六公分厚度的書籍差點摔在地板上。

反觀老先生，態度沒有什麼變化，只是目光更加令人不寒而慄。

「年輕人，你似乎誤解了什麼，黑眷村是觀光景點，這麼駭人聽聞的事若真的發生，對我們村莊形象可是大打折扣。」

「放心吧，貴村黑棺生祭的謠言早就滿天飛了，正因為驚世駭俗，眾多遊客才會慕名而來。」史料館儘管有空調冷氣，信三身上的襯衫仍染上薄汗的水漬，直覺告訴他眼前這位老先生並非泛泛之輩，他得緊緊抓牢這次機會。

信三繼續追問：「明眼人不說暗話，黑眷村究竟有沒有使用活人進行生祭，我想您應該比我更清楚。那位五月十三日出生的女性，她現在身處何方？請您告訴我。」

女性在五月十三日出生是信三的假設，如果這是錯的，老先生可能會反駁他；若不幸是對的，也可以證實黑眷村近六年來不斷出現五月十三日出生的犧牲者，與那名女性有關。

「我們非親非故，為什麼我得把這些不光彩的事告訴你？」老先生臉上的笑意狡黠起來，他好整以暇地靠在書櫃前，從他身上已經看不到最初親切和藹的模樣。

真不錯，還有自覺黑眷村的歷史就是血流成河屍骨成山。信三知道管理員不是那麼好應付，得仔細琢磨每句話的用詞遣字才行。

「請看這個。」信三將父親的照片取出，「背後有女性的留言，我認為她是為了照片中的人回黑眷村。」

老先生從容自若的神情一直維持到他看見娟秀的兩行字跡，不論眼神與表情都有一百八十度的轉變，傾訴戀慕之情的兩句話，讓他歷經風霜滄桑而凌厲的雙眸，在那瞬間悲傷了起來。

「這個字跡、對沒錯就是這個字跡，我認得……」他深深地吸了一口氣，將照片還給信三，「你跟照片裡的人是什麼關係？」

「他是我父親。」

「你被怪力亂神的東西纏上，所以才來黑眷村是嗎？」老先生語氣黯淡地問著。

即使信三在一開始便表明來意，管理員還是重複確認，他點了點頭，等待老先生的下一句話。

「你有聽見女性的聲音？」

「是的。」

「是什麼樣的聲音，能否形容給我？」

信三瞭解老先生為何一再問這些無關緊要的事情。這名老者認得照片上的字，代表他認識那位女性，但對眼前兩位異鄉人半信半疑，只能反覆從答案裡判斷他們兩方所知道的，是同一人。

「有如銅鈴般清脆悅耳的聲線。」

「銅鈴，你說的真好。」管理員輕輕嘆息，「既然他是你父親，那確實沒有什麼好隱瞞。」老先生從書櫃拿出一本名冊，熟稔地翻到最後三頁，指著某位女性的頭像，「我的孫女，五月十三日出生，在六年前死了。」

信三沉默看著。女性的頭像、姓名，全都被黑筆給抹掉，可能黑眷村將她視為罪大惡極的人，因此不允許她的姓名與面貌被其他人記得。

「孫女一直不喜歡村子，和其他人也處得不和睦，老吵著要離開這個地方，剛好因緣際會下我認識來自外地的異鄉人，他是一位民俗學者。我說了黑眷村許多事，作為條件交換，他願意幫我帶領孫女看看外頭的世界。本以為她就此一去不回，沒想到隔不到兩年就看見她失魂落魄地回來，對村子生祭的事一向嫌惡的她，反常地要我細說方法與步驟……那時我驚覺不對勁，問了孫女才知道她愛上一個有婦之夫，她不求修成正果只想要對方好好活著，可惜那位先生已經死了。」年邁的管理員閉上雙眼，語氣充滿自責與不捨。

「我告訴孫女許多次，村子裡搞過生祭的人沒一個好下場，偏偏她就是不聽，拐了村內三名孩童還偷走破軍的棺材，有樣學樣地在外圍立棺生祭。很快她幹的勾當東窗事發，村民不原諒她的所作所為，拿鐵鎚敲爛她的四肢，把她放進巨門棺材裡當作懲罰。」

老先生說著六年前的經過，那些事彷彿昨天才發生一樣，他的聲音微微顫抖。

「說這種話可能不合時宜，但貴村對生祭應該習以為常，怎麼會對小姐的作為如此不可饒恕？」信三問著。

「是稀鬆平常沒錯，可村子舉行生祭有潛規則，可以動自家人的歪腦筋，最要不得的就是犧牲毫不相干的人。再加上孫女實施方法大錯特錯，白白浪費三名孩童。」

信三聽到這裡只能心裡冷笑。前三秒還以為老先生是黑眷村裡難得道德觀健在的稀有種，現在有種臉被打腫的感覺，這個村子壓根兒沒一個思想正常的人，如此狼心狗肺的地方居然能存在這麼久，肯定是因為他們自相殘殺的手段太高竿了。

「那三名孩童放在破軍的黑棺裡會有什麼問題？」

信三記得《怪談殘卷》有記載生祭的禁忌，一是不能讓祭品在棺材闔上之前斷氣，二是，絕不能開啟黑棺。不曉得有沒有其他需要注意的事項？

例如裝錯棺材、死錯人。

「除了浪費以外沒有其他問題。」

這地方確確實實沒救了……您說句「一時之間痛失三名村莊幼苗太不幸」會死嗎？裝模作樣也好，生而為人的同理心和價值觀去哪裡了？信三只能壓著怒火，試圖平靜地問下去。

「那麼，小姐作為貴村生祭的人選，被放入棺材前有出什麼狀況嗎？」

既然裝錯棺材這事不會引來什麼天災人禍，那癥結點八成出在女性身上，不然也不會持續犧牲五月十三日出生的人。

老先生默不吭聲了好一會兒，這才緩緩說著：「在棺材闔上之前，她聲嘶力竭詛咒黑眷村便斷氣了，這是生祭大忌，從前為了避免有人在蓋棺前死亡，會用心良苦地打上麻醉，讓對象不至於痛死。可這回村民對她忍無可忍，連藥也不上就直接敲爛她的四肢，想說她是成年人應該能捱過去，卻沒料到她的身子骨太過單薄，導致生祭產生變數。」

「什麼樣的變化？」

老先生面有難色地望向窗外湛藍明亮的天空，「孫女她，成為囚禁在黑棺裡充斥詛咒、需要吃人才能安定的怨靈。」

原來是這樣。六年前開始出現五月十三日出生的失蹤人口，全是黑眷村不得已誘拐而來的犧牲者，一切都為了平息受折磨而死的女性，實在太諷刺了。但是犧牲者從一位變成三到四位，這之中是否又發生其他變故，信三緊接著問道。

「據我調查，過去六年來不斷有五月十三日出生的失蹤人口，可近幾年失蹤的人數越來越多，這是為什麼？」

老先生嘆了口氣，「過去黑眷村有發生過幾次瘟疫，這是對外說法，實際狀況是被當作生祭的人選在途中身亡，安撫這些怨靈的方式除了大量進行生祭以外，還有一個方法，那就是供奉和怨靈同一天出生的人。有些怨靈只要撫慰一兩次便會滿足消散，有些則會糾纏很久甚至變本加厲，好比我的孫女。照理來說她不應該擾亂你的生活，但村子也是有運氣不好的時候，若供奉不出五月十三日出生的人，怨靈便會暫時掙脫黑棺的禁錮，對她有興趣的人下手。」

明白了，信三暗忖。這麼一來就能解釋為何他會在埃及特展裡聽到女性的聲音，以及大半夜看到的蜘蛛少女。本來以為黃昏生祭與黑眷村或許有不為人知的因緣，但目前看來，兩者互不關連。

「除了這兩種方式以外，沒有別的門路了嗎？」聽到怨靈會滿足消散，信三在心裡著實鬆一口大氣，但聽到老先生後面緊接著說出「有些會糾纏不休而且胃口越養越大」，信三深感自己的運氣不是普通地極致，每次都能百分之百抽到下下籤。

「有個完全杜絕後患的法子，只是沒人願意做，當然，也不能做。」管理員從口袋拿出戒菸棒，一口接著一口吸著丁香薄荷精油，「沒有黑眷村，就沒有黑棺生祭。受凌遲死去的人也好，活在黑棺裡苟延殘喘的祭品也罷，黑眷村滅亡，他們也會跟著消失。」

明明是這麼絕望的答案，信三意外地平靜，像是他早已做好準備般。

來雨林史料館之前，他仔細想過可能會有的解決之道，要是無路可走，大不了習慣女性神出鬼沒地騷擾。

他唯一掛懷的只有櫻庭愛生，青年沒有義務與責任和他一起承擔這次的無妄之災。

等這次兩人的旅遊一結束，就找個機會和櫻庭愛生斷絕來往吧……

「很感謝您提供的意見，打擾多時，我們該走了。」信三望向櫻庭愛生，他僅露出一絲詫異，很快就把書放回原位，與信三一同離開史料館。

「請等等，我剛剛有想到一個絕妙的點子。」老先生突然在後頭說著：「無緣無故把你牽扯進來，我們這個村子真的太愧對那些不知情卻喪命的民眾，我想竭盡全力幫助你，只是成功機率有多高無法保證。」

信三停下腳步，微微側頭望向老先生。

絕處逢生了嗎？可畢竟是個動不動就拿人命開玩笑的地方，他不敢大意。

信三謹慎回道：「謝謝您的好意，但如果您想到的措施會危害到別人，也請容我拒絕。」

「見到你第一眼就知道是個正直的人，放心吧，我自有分寸，你若信得過我，今天晚上十一點到村外黑棺墓群那邊見面，我會替你解開孫女的束縛。」老先生說完，便回史料館內打理。

「對於老先生……」

櫻庭愛生做出了噤聲的動作，並低聲表示，「這裡不是談話的好地方。」信三贊同地點了點頭，和櫻庭愛生回旅館後才討論接下來的做法。

「你有什麼見解？關於赴約這件事。」信三問著。

「還以為你會問我對整起事件的感想，依照你的個性，是否要去赴約應該已經做好決定了，為什麼還要問我？」

櫻庭愛生幫自己和信三倒了冰水，回程途中天氣依舊熱不可擋，他順道去超商買了一大瓶礦泉水，「如果我告訴你那位老先生居心叵測，你會改變心意嗎？」

「居心叵測？即使你不說，我也有這樣的感覺，但你不是憑第六感辦事的人，這麼說有什麼理由？」信三問著。

「早知道你會這麼問，自己看吧。」櫻庭愛生從懷裡拿出一張紙，信三見狀，理智差點斷線。

這傢伙居然把史料館的典籍撕下來，信三看到泛黃的紙頁，整個人都不好了。

他欲言又止地接過紙張，瞪視了櫻庭愛生一眼，這才開始看上面的內容。

很簡單的幾行字，還附上模糊的照片，說明史料館管理員的身分。

黑眷村的村長，五十年前決定大量生祭的始作俑者。

在孫女犯下滔天大罪且化身為怨靈之後，自責地卸下村長的位置，但村民感念他多年來為黑眷村勞心勞力，於是擁立他繼續擔任村長。

換個角度想，黑眷村這麼有事的地方，村長如此麻煩的頭銜誰要幹？

信三將紙張還給櫻庭愛生，不忘補上數落的眼神。

「我明白你的顧慮，但老先生的邀約仍然有一探虛實的必要。」

信三摸著玻璃杯上凝結的水珠，想著晚上十一點在黑眷村外圍碰面的話，為了避免到時精神不濟，等等還是稍微休息一下好了。

信三尋求認同道：「我想知道老先生所謂的方法是什麼，不入虎穴焉得虎子，你說對吧？」

「和你一起旅遊的最大好處就是永遠不會覺得無聊。」櫻庭愛生冷淡地說出這句話，便打開筆記型電腦整理所有資訊，「以防萬一，我跟你一起去。」

「那當然，你可是我的護花使者。」信三笑了笑，「不過我倒是挺訝異的，原來老先生跟那位民俗學者熟識，就好像在不同平面上的點，突然彼此連接起來構成奇妙的風景，《怪談殘卷》、黑眷村，還有……」

博物館男性。究竟那位彬彬有禮的男性在打什麼主意？信三無法判斷，他到底是抱持善意還是惡意，目前為止界線相當曖昧。那封寫著「切莫忘記絞殺榕的美學」有何企圖？思索到現在也沒有明確的方向。他很擔憂男性是這次事件裡非常重要的環節，儘管那位男性從頭至尾只是將小說借給他看而已。

「還有什麼？」櫻庭愛生被勾起興趣，抬高頭問著。

「沒事，只是在想黑棺跟七星之間的連動很有意思，你居然能一眼看出，是從什麼地方發現的？」

「四百六十三具黑棺，大小不一、棺材所刻的紋路略有不同，若仔細看的話，大致能將棺材分成七種。我將七種棺材分布的位置記下，發現同一種類的黑棺有特定的聚集地，那麼以聚集地形成一個單位，朝北作為正面方向，能得到相仿七星的圖形。但我還未想到七星與黑棺有什麼特定的關聯，所以沒有將這件事告訴你。」

「一直都知道我和你的腦袋構造有很大的差別，但認真相較，還真是珠穆朗瑪峰跟馬里亞納海溝相差的距離，不過這也意謂你比我還更注意黑眷村的細節，這次有你在身邊，算是不幸中的大幸。」信三稍微伸展肢體，儘管有些睏意，可他還是按部就班，拿乾淨的衣物去浴室換洗，展現無可動搖的潔癖。

漆黑的眼眸看著信三走進浴室，確定他至少會在裡面待個十分鐘以上，櫻庭愛生冷峻的容貌沒有一絲情緒起伏，他緩緩拉開行李的拉鍊，試著不發出太大的聲音，接著將蝴蝶刀放進外套的口袋裡，不著痕跡地將行李恢復原樣，然後回到位置上一如既往地瀏覽網頁資訊。

當天晚間十一點。

即使到夜幕低垂時分，黑眷村商店區依舊有可觀的人潮，沉浸在神祕古典的情境下，享受脫離現實的奇異景致，特別是村內綻放的黑月，這是世上唯一自然的黑色花朵，聽說是百合的一種，越接近滿月就越能感受這種花與生俱來的魔性。這是信三無意間聽外地導遊如此談論。

在前往外圍的路上，信三這才發現今天是三日月，農曆第三天夜晚的月相。

黃昏之前都能見到，由於光線稀薄，入夜幾乎無法觀視三日月的面貌，可能黑眷村沒有什麼空氣汙染與光害，抬頭隨處可見漫天星海，三日月的輪廓相當清晰，也皎潔明亮得不可思議。

黑眷村通往外地只有一條路，從出入口抵達村莊前會經過黑棺群墓，還要再走幾分鐘才算正式踏入村莊內部，因此信三快接近外圍時，已經聽不大到村莊繁華喧囂的聲音。

林立無數黑棺的外圍在晚上顯得十分肅穆，晚風吹著黑月響起的騷動，宛如亡魂在耳邊細語。

信三抬頭望去，這大片景色僅有他與櫻庭愛生，以及遠遠站在某個黑棺前、紋風不動如雕像的老先生。

信三和櫻庭愛生互看一眼，慎重地走向老者。

他聽到那位老先生低喃的聲音，每接近一步，說話的內容就越是清楚。雖然已經做好心理建設，不過透過白銀月光，看到老先生手中緊緊握著一把斧頭，信三不禁心涼半截。

果然，到頭來還是黑眷村的人，什麼「這個村子太愧對那些不知情卻喪命的民眾」只是場面話而已。儘管信三不認為老先生是誠心誠意想幫助他，但未免太令人失望。

「……目送妳離開黑眷村雖然有許多不捨，畢竟我只剩下妳這麼一位親人，可我還是希望妳永遠都不要回到這裡，拋棄黑眷村民這樣的出身去外頭世界過生活，與心愛的人遠走高飛，把我忘了也好，想不到妳終究還是回來了。沒有人知道我看見妳的身影時，內心多麼痛苦，被人誤解也好、仇視也罷，在這個村子裡，我不斷祈禱著妳是唯一能夠得到幸福的人，偏偏，妳是最不幸的那個。請妳原諒我、原諒我、原諒我，爺爺做的錯事太多太多，才會全數報應在妳身上。」

聽到腳步聲，老先生慢慢地抬起頭，「來了嗎？」

彼此相差五步的距離，老先生轉身看著信三與櫻庭愛生。

是錯覺嗎？信三見到老先生那刻，總覺得眼前的人並不是人類，而是手持利刃徘徊在幽世的厲鬼，這般瘋狂肅殺的氣息與四周豎立的黑棺完美結合，彷彿老先生就是黑暗眷屬的化身。

當然，以老先生的作為來看，想必再也沒有人比他更符合黑眷這兩字。

「晚安，本來我對您就沒有多餘的期待，只是想知道您究竟會有什麼安排，才決定依約前來此地，想不到您還真是讓人絲毫不意外啊。」信三冷聲說著。

老先生弓著背脊大笑幾聲，像是很滿意信三沉穩的態度。

「年輕人，雖然我很中意你，但還是得對你說聲抱歉。」老先生那張布滿皺紋的臉頓時變得陰狠，「這個村子縱然有太多錯誤，仍是我必須守護的地方，不過和孫女相較之下，村子變得無所謂太多了。」

「這就是您的回答嗎？」幸好這個地方離外界非常近，信三評估如果是櫻庭愛生的話，應該有能力脫離困境。這也是他答應來赴約的原因之一，倘若老先生是約在雨林裡碰面，他絕無可能冒死前去。

老先生沉默不語。唯美柔和的月光讓黑眷村外圍籠上薄紗朦朧的美感，細長花瓣在三人身旁飛散，無聲勝有聲的絕倫景致裡，目光在清冷空中交織複雜陰鬱的情緒。

「她這一生沒有真正快樂過，這也是我活到現在最大的遺憾。」老先生悲愴地低下頭，「算我懇求你，就去陪陪她吧。」

這句話落下，老先生枯瘦的雙手不費吹灰之力舉起斧頭，狠狠地往黑棺表面砍下去！

沒料到老先生居然會破壞黑棺，把禁忌視而不見，信三當機立斷要帶櫻庭愛生離開黑眷村時，濃厚的黑色煙霧從棺材縫隙大量溢出。

信三看見了，在黑霧之中，有無數個如昆蟲巨大足器的東西張牙舞爪著，他聽到女性放縱尖銳的笑聲。

黑霧鋪天蓋地而來，速度之快根本讓人無處逃逸，信三突然想起母親溫柔的叮嚀「你外祖父很想看看愛生，有機會帶他一起過來吧」，始終找不到機會把這句話說出口，明明只是一個簡單的邀約，他那時也注意到，兩人從來沒有合照。

這場濃霧會襲捲整個村莊吧？信三想著，然而他已經無法顧慮村莊裡任何一個人，他現在能做的，只有重重地推開櫻庭愛生。

他沒有一天不這麼期望，如果能發生意外讓他沒留下道別的言語就這麼離開櫻庭愛生，再也不需要去細想這段戀情究竟帶來多少謊言與罪惡感，會是兩人最理想的結局。

明明是這麼想著，但是當他被黑霧吞噬、失去思考前，看到櫻庭愛生焦慮倉皇的模樣……

他後悔了。

第八章

無可名狀的極黑

第八章

無可名狀的極黑

在平凡無奇的街道上，與他人擦身而過。

儘管是第一次與這些人見面，可信三匆匆一瞥便能得知他們的身分。

穿著白色制服的少年與俊美頹廢的青年，穿著黑色大衣低頭抽菸行走的男人，流露菁英氣場孤高冷酷的男子，以及坐在公寓樓梯上安靜看書的高中生……他明白這些人是誰。

「我想成為不需要跟同類接觸、獨立存在的生物，孤孤單單地在此世降生，然後突然死去不留下痕跡」，來自《獻身》的少年。

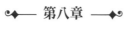

「我喜歡你啊，但光這樣是不夠的」，在《樂園》自殺的青年。

「縫上你的嘴巴，有本事的話就繼續說吧」，《BELOVED》裡，是私家偵探同時也是下流俱樂部老闆的男人。

「生命才不會在殘虐中死去」，《妖歌》中罹患精神疾病但醫術精湛的冷酷醫生。

「金魚一生只要做一件事便可，用瑰麗的身體去取悅飼養的人，甚至不用取悅，只要美麗就行了」，《金魚》最後被人飼養的高中生。

從這些人身旁經過，信三的腳步停在一名背對他的青年不遠處。

青年專注且極為耐心地堆砌砂堡，他不發一語、不與任何人攀談地著手內心所想像的景色。像是不被所有人察覺般，砂堡所及範圍越來越廣大，即將遍及每一吋地表，沒有人阻止他。很快的，每個人都被砂堡包圍，就連抬頭仰望的這片天空也是，猶如在這個世界裡又架構出另一個世界。不同的是，這個世界的所有權不再屬於每個生命，而是僅有他一人。這是青年構築小說裡的世界。

然而信三想碰觸青年時，卻發現自己的手指不得動彈。轉瞬之間，他與青年的距離已經遠到快看不見了。啊啊沒有錯，這就是兩人之間的差距。

信三很早就明白了，他不斷反覆觀看青年所寫的作品，希望透過文字更加理解這個人，卻發現他終究無法窺見青年的內心。

描繪形形色色的情感，淋漓盡致展現瘋狂純粹的偏執，但是，不論作為編輯還是讀者，信三從未被這些故事感動。

他不曾在青年的小說裡感受過愛，更甚者，他至今仍不覺得青年給予的情感，跟愛有關。

即使如此，信三仍想和這個人共度一生。不是愛也無所謂，只是模仿出來的感情也無所謂，被罌粟香氣吸引而來的蜘蛛在一輪春景下看見蝴蝶妖異的身影，他被眼前美麗的生物所迷惑，用細絲溫柔地將牠囚禁在身邊。跨越物種與生物鏈的隔閡，蜘蛛無可救藥戀慕蝴蝶，就算他在後來發現，那只是與蝴蝶相似的物種，不論是生存策略與活動型態，都與真正的蝴蝶大相逕庭，蜘蛛仍無法捨棄這份戀愛。

是盲目嗎？

不是。

是執著嗎？

不是。

是害怕寂寞嗎？

伴隨父親死亡，母親給予的親情頓時消失殆盡，從那個時候起，他期許自己成為一個不需要愛也能活下去的人。隨時隨地與周遭人保持間距，理性穩重冷靜，義無反顧地將自己塑造成完美無缺的人類，不覺得寂寥，也不感到痛苦，以為就此能擺脫世俗情感的糾纏，直到他看見那雙漆黑的眼眸。

那個時候，信三才驚覺，他過去所做的一切，全是為了證明自己能夠一個人。

同時，也證明了自己，孤獨一個人。

耳邊傳來女性的聲音，信三緩緩張開雙眼，這才發現他躺在黑月花叢裡。離他不遠處站著一名女性，她正翻閱信三隨身攜帶的筆記本，帶著戲謔般的笑意朗讀上頭所寫的字。

「如果所有人抑止咽喉再無雜音，僅有我能呼喚你。

如果所有人四肢百骸粉身碎骨，僅有我能碰觸你。

如果所有人雙眼失明目不能視，僅有我能凝望你。

如果所有人苦痛加身萬劫不復，僅有我能獨占你。

有形之物剎那崩壞的餘興，錯過而稍縱即逝的扭曲。

血塗染色而成的詩句，敬致狂亂美麗的……

[redacted][8]先生，原來您喜歡這麼扭曲的詩句嗎？」女性溫柔地問著。

[redacted]？她將我當成父親了嗎？信三搖搖晃晃地站起來，看清楚周圍環境後，他發覺自己不是待在黑眷村的外圍，而是跟外圍極為相似的地方。一個滿是黑月飄散的場所，無邊無際，而且僅有他和女性兩人。

這裡說不定是女性創造出來的空間，她是個怨靈，殺害眾多五月十三日出生的人都能辦到，架設一個獨立世界應該也是小事一樁。

「小姐，恣意翻閱私人物品可不是什麼有品的行為，請妳把筆記本還給我。」信三伸出手，完全沒有讓步的意思。

女性順從地將記事本還給他，「您來的時候，本子就掉在地上了，為了找尋失主是誰，讓我看幾眼不為過吧？」

歪理。信三不想多說，確定記事本所夾的相片資料無一缺少，這才安心地收進懷裡。

不知櫻庭愛生的狀況如何？這裡除了他與女性以外沒有其他人，這是因為女性將他當作心上人的緣故嗎？

「把我帶來這裡，妳的目的是什麼？」

「只是想好好見著您而已。」女性往信三的方向走了幾步，但最後落在兩尺外的地方，沒有更加接近的打算。

「知道您平安無事，我真的很高興。」

莫非她以為生祭有成功？不對，女性應該知道她的儀式失敗了，村民制裁她的時候沒道理不給出理由，不然她也不會在死之前詛咒黑眷村。那

注釋——

8 —女性在這個地方呼喚信三父親的名字，因某種意圖，不出現人名。

麼很有可能女性成為怨靈以後，精神不穩定或者產生記憶混亂，才會將他和父親的形象重疊在一起。信三想著。他是否該告訴女性真相，但看到女性喜悅的表情，信三決定靜觀其變。

「您對我或許沒有什麼印象，不曉得您還記不記得任教的高中附近有家便利超商？我曾經在那邊工作，有次身體不舒服昏倒，您將我送去醫院急診，這件事我一直非常非常地感激。從來沒有人對我這麼好，村民害怕我、同事也討厭我，只有您看到我會點頭打招呼，您可能不知道一個小小的舉動，足以讓我高興一整天。」

女性自顧自說著，清秀的臉上有著羞澀的淺笑。

「為什麼村民害怕妳？」信三問著。

「因為我爺爺是村長啊，他做過太多傷天害理的事，大家對他又敬又畏，連帶看見我都退避三舍。我在村子裡沒有朋友，去外地工作也很不順遂，做什麼事都失敗，唯一成功的，只有讓您復活這件事。」想到什麼，女性趕緊補充，「啊，[redacted]先生請不要誤會，我沒有要您報答我的意思，只希望您能好好活著、過著幸福快樂的生活就可以了。」

信三決定不對女性說出真相。如果讓她知道自己根本沒有復活父親，這個人生到底存在的意義是什麼？儘管女性的處境不值得同情，可他對眼前這位一心一意只求父親能幸福的人反感不起來。

「老先生，我是說村長，他所破壞的黑棺是妳的墳墓？」

「是的，他將我釋放出來，只有這麼做我才能真正與您相見。」

原來這就是老先生的企圖嗎？信三暗自想著。

他記得那位老者確實說了「算我懇求你，就去陪陪她吧」，不曉得這個陪伴有無時間限制，如果他得花上一生和女性共處，老先生未免太過可惡。

「那麼黑眷村目前的情況如何，妳知道嗎？」不知道櫻庭愛生有沒有成功離開村莊？相較於自己的處境，信三更想知道櫻庭愛生現在是否安然無恙。

「嗯……」女性歪著頭想了想，像是在思考該用什麼措辭，「這個嘛，我很討厭那些欺負我的村民，先前被囚禁在棺材裡只能對五月十三日出生的貢品下手，不能傷害村子的人，但現在可以了，我想給他們好看。」

嘖，不愧是黑眷村的人，什麼仁義道德這類東西應該打從娘胎就沒有配給。信三漸漸心煩意亂起來。

「妳會傷害村莊裡的外地人嗎？」

「跟我無怨無仇，殺害他們沒有必要，再說我只是想見您一面，我的願望只有這個。」

只有這個？女性知道為了區區願望，死多少人了嗎？信三深吸一口氣，努力制止怒火高漲。

「為了這個願望，妳連幼小的孩子也不放過。」信三忍不住開口斥責，卻看到女性潸然淚下的表情。

「我只是、我只是好想好想好想再見您一面，村子裡每個傢伙都是為了自己的慾望去擺弄別人，大家都這麼做，為什麼我不可以？」女性難過得哭了出來，信三只能沉默站在原地。

他想起櫻庭愛生。

之前無意間看到電視報導，採訪團隊深入偏僻的部落去觀察當地住民如何生活，那些人還停留在石器時代，日出而作日落而息，社會階級明顯，男性地位最高，其次是豬，最後才是女性。即使嘗試將男女平等的觀念表達出去，也無法獲得成效，這是因為當地住民男尊女卑的思維已經根深柢固，也不覺得有錯。他們打從出生就這樣被教育著。

同樣的，櫻庭愛生與女性也是。給予離經叛道的知識，指導他們如何靠掠奪與侵占為手段，將人類社會當作競爭場地，一切以滿足自己為最高準則。不同的是，櫻庭愛生可能漸漸走向正途，但女性已經沒有機會了。

「當然不可以。」即使明白現在對女性說教只是浪費時間，她在六年前就身亡，縱然花心力糾正對方的價值觀也於事無補，但信三不想讓女性連一點歉意也沒有。

「我不只沒有感激妳，相反地，無比怨恨妳。我的人生從來沒有對不起任何人，因為妳一意孤行的緣故，我活著每分每秒都十分痛苦。」

「[redacted]先生……」女性低下頭，神色悲傷至極，「為什麼您會這麼不開心？活著就可以和家人團聚了，我有做錯什麼嗎？」

信三瞭解為何女性去外地工作會如此不愉快，她缺乏正確的待人處世之道，很容易被他人厭惡，可又不覺得自己哪裡偏差，不論是外在世界還是黑眷村，都沒有她的容身之處。

「假設今天有人想犧牲我去復活別人，妳有什麼想法？」信三嘗試以女性能理解的方式詢問。

「不可原諒，那傢伙不能這麼做，啊……難道是……」女性說出口同時，突然明白信三厭惡她的理由，那張純淨無瑕的臉孔瞬間複雜起來，「您的意思是，我不該傷害別人去成全自己嗎？」

信三沒有回答，只是平靜地看著她。

這位女性不是全然性惡之人，從她的談吐隱約能察覺柔和的內在，只是運氣太差，生長在錯誤的環境裡。他或許對女性有了特別的移情作用，與她接觸的每一刻，時不時想著櫻庭愛生的立場。

但他沒有料到，女性下一秒給出無比現實的答案。

「我很抱歉，不過假使時間能重來，我還是會這麼做。您是我活著的唯一動力，得知您身亡的消息，那時只覺得這個世界、這樣的我，變成怎樣都無所謂了。我只想要您活著，就算被您怨恨，我也想要您活著。」女性流下眼淚輕聲說著。

是什麼樣的情感讓人變得這般面目可憎？

不是道德問題，也不是教育問題，一切因果與犧牲奉獻，全是因為愛。

全是因為愛。

明白這點的信三，忍不住乾笑起來。

「以愛為名做什麼事都能理所當然的話，不被需求、不被理解也只是剛剛好而已，但有誰在乎？不把自己當一回事的人才能無所畏懼，很好，合格的人類。」

天真，太天真了，信三嘲弄自己的同時，露出毫無溫度的笑意看著女性，「我原諒妳了，不惜做到這種地步只是為了要見我一面，看來妳除了自以為是的愛以外，一無所有。既然妳達成願望見到我，應該能放我回去了吧？」

面對信三失望透頂以至於自暴自棄的模樣，女性痛苦地邊搖頭邊往前靠近，但只走了幾步就不再向前。

她明白，這樣是最好的距離。本是毫無交集的兩人，就不該試圖妄想將兩條平行線交疊。

「對不起、對不起……請您忘掉像我這樣的人，好好地過生活，也請不要有罪惡感，您沒有錯，真正不對的人是我。」

已經忘了是在什麼地方看到了。

信三記得有句令人費解的話是這麼說的，「有錯的是這個世界」，憤世嫉俗的經典名言，破綻百出卻又天衣無縫，拿來解釋不盡理想的人生完全恰到好處。

就算女性把自己所經歷的不愉快全推卸給這個世界，信三也覺得理所當然，畢竟這是所有人類的基本權利。

可她沒有這麼做。奉獻人生給得不到回報的人身上，只要對方幸福，便覺得自己悲慘的人生不算什麼。只可惜女性沒有被人珍惜過，不知道原來世上還有為愛茁壯這樣的情感。

她瞭解得太少，卻早早就全盤皆輸。

「我不該對妳嚴厲，若要說妳錯的話……或許妳沒有不對，只是遇到錯誤的人，因此……」人生就這麼結束了。信三說不出口。

他不曉得自己該怎麼面對女性，心狠手辣，命運乖舛，他除了惋惜之外，沒有實質上的辦法。

女性愣愣地直視他，滿溢而出的是摻雜悔恨的淚水。

溫柔的人。然而不論再怎麼溫柔，這個人從來不屬於她。

儘管想要將對方看得更仔細，但時間已經到極限了。

「我何其有幸在最後能得到您的體諒，只是短短幾句話，就讓我的人生沒有一絲遺憾。」

最後？莫非女性要消失了嗎？信三垂下眼瞼想著。驀地，他聞到了百合淡淡香氣，猛然抬起頭時，看到女性與他近若咫尺。

「謝謝您，希望您能把我忘得徹徹底底，我不值得一提。現在才發現您有雙清澄的明眸，美麗而且真摯無比，雖然想再多看幾眼，可惜美好的時光總是特別短暫。」女性後退幾步，四周細長的黑色花瓣捲起了風嵐，信三看不清楚眼前的景色，只聽到女性溫柔的嗓音，「[redacted]先生，能夠再見到您，真的是太好了，請您一定一定要幸福。」

信三閉上眼，胸口莫名蔓延的悵然若失伴隨昏厥而來。

女性不知道她的願望根本沒有實現，而他直到女性煙消雲散那一刻，還不曉得對方的名字。

誠如她所說，這是個不值一提的人生。

張開雙眼最先看到是雪白的天花板，接著是刺鼻的消毒水氣味。

信三躺在柔軟的床墊，他聞到微薄的木質香氣，緩緩轉過頭往右邊看，櫻庭愛生正坐在不甚舒服的鐵椅上專心盯著報紙。他習慣把報紙仔細折成長方形，方便閱讀時不占空間。

「這裡是……醫院嗎？」信三說著，要發出聲音那一刻才驚覺喉頭很乾，他幾乎聽不大到自己的聲音。

「我倒水給你。」櫻庭愛生盛裝常溫的白開水，細心地將信三扶起身，「這裡是東部醫院，你昏倒在黑眷村入口處，雖然場面一片混亂，但幸好附近有計程車經過，你沒有受到什麼外傷。」

「黑眷村的情況呢？」信三把喝完的水杯交給櫻庭愛生，透過老舊布滿塵埃的窗簾，他見到外頭薄暮幽暗的天色。看來他應該昏睡了一天。

櫻庭愛生將手邊的報紙遞給他，「與其用口述，不如你自己看吧。」

信三接過報紙，看見斗大的標題，腦袋當場一片空白。

觀光勝地黑眷村一夕之間遭逢變故夷為平地。

因突如其來的土石流發生，活埋近四千人，另外有幾百人分別受到輕重傷，轉往鄰近的醫院治療，目前搜救團隊還在尋找是否有生還者。

「土石流？」信三不解地看著櫻庭愛生，「這是怎麼回事？」

「那位老先生破壞黑棺後，成為怨靈的孫女引發許多災難，其中就包括報紙上所寫的。」

「……」信三無力地將報紙還給櫻庭愛生。

他不瞭解自己與女性在精神世界談話時，櫻庭愛生獨自面對什麼樣棘手的處境，那位女性說過她會放外地人一馬，這應該不是空頭支票，可現在黑眷村的慘樣又該如何說明？

近四千人被活埋其中，生還機率恐怕微乎其微了，儘管他不想把罪過發落在女性身上，但除了她以外似乎沒有別的可能。

「老先生後來怎麼了？」信三問著。

「沒有特別注意，應該是跟黑眷村共存亡了吧。」櫻庭愛生輕描淡寫地回答，然後語鋒一轉凌厲起來，「你是否可以解釋解釋那時為何要將我推開？其實你已經打算一個人承擔所有風險了，對吧？」

「……」糟糕，信三都忘了櫻庭愛生絕對會在事後興師問罪，他所有的考量完全是建立在「如果兩人再也無法見面」為前提，而不是「事件過後，他該怎麼說服櫻庭愛生」……頓時實在很想佯裝身體不舒服，但櫻庭愛生都說了「沒有受到什麼外傷」，想必這傢伙已充分掌握他的身體狀況，裝痛裝病已經無法瞞過他。

「你究竟把我當作什麼了？莫非你到現在還沒有相信我嗎？」櫻庭愛生看到信三沉默不語的模樣，原本想再多說什麼，但最後還是心不甘情不願地垂下頭低語，「你想要守護我，同樣的，我也想保護你。」

櫻庭愛生碰觸信三的手，彷彿要確認他的體溫般，緊緊握著，「這是我最後一次說了，請你務必要聽清楚，無論發生任何事，都不准丟下我。你不知道我看見你消失不見的那一刻，到底有多絕望……你不會理解我的心情，你總是自作主張霸占著決定權，從來不思考我的感受，只有你的愛是愛，我的愛什麼也不是。」

到底是做了什麼，居然讓這個人把自己貶低成這樣。信三伸手抱著櫻庭愛生，這是他第一次聽見青年低沉細微的哭泣聲。

我要你牢牢記得我。

讓所有人都知道我對你的執著有多深。

只要是有關你的事，無論多渺小我都想知道。

不管發生什麼事，我們一起面對。

——愛我。

愛我。

「對不起。」信三吻上櫻庭愛生冰涼的唇瓣，主動送上溫熱的舌。

櫻庭愛生先是微微一愣，青年潛藏的征服慾被毫不知情的男人挑釁，他在信三看不到的地方露出難以形容的表情。

攻其不備地將信三壓倒在床上，俐落地將礙事的上衣扯開。

信三清楚如果放任櫻庭愛生繼續下去，後果會不堪設想，因此趕緊阻止他。

「等等，在這種地方……」

沒等信三說完，櫻庭愛生便遊刃有餘地從旁邊櫃子裡拿出透氣膠帶，慢條斯理地拉出想要的長度。

「在床上不是嗎？」櫻庭愛生低聲笑了笑，修長的手指輕輕觸摸信三的嘴唇，「完全符合你的喜好，目前為止所有決定都按照你的意思，偶爾也該讓我有主導權了吧。」

「如果有人進來該如何是好？」

當然對櫻庭愛生來說，誰進來都無所謂，若對方能安分守己在附近觀看那就太理想了。儘管信三不認為櫻庭愛生會這麼赤裸裸地說出來。

「那就讓他看吧。」冷不防壓住信三的手腕，櫻庭愛生一邊將繃帶緊緊地纏繞他的雙手，一邊說道：「開玩笑的，我早就鎖上門，沒人可以打擾我們。」

「很好，那你現在將我綑綁起來是什麼用意？」

信三暗自嘆了一口氣，施虐性愛他不算沒概念，先前也有過幾次經驗，不過場所在醫院還是頭一遭。

「不放你走的用意。」仔細將外傷用的藥膏塗抹在手上，中藥成分對人體沒有太大傷害，柑橘氣味甚至沒有化工潤滑液這般複雜，「做好心理準備，這次我可能不會對你太客氣。」

你哪次對我客氣過？腦海浮現這句話的同時，信三感覺到櫻庭愛生將他下半身的衣物脫去，然後把手指緩緩放進內壁裡。說來一般人被手指侵犯在剛開始通常沒有什麼感覺，或許還有點不舒服，但櫻庭愛生對他瞭若指掌，不過是將潤滑用的藥膏抹上肉壁，在炙熱狹窄的身體裡任何一個動作，都讓信三湧上難以控制的情緒。

一股莫名的慾望與燥熱從腳趾爬升到後腦，高熱的體溫很快就將藥膏融化，隨著櫻庭愛生不疾不徐地抽送，發出淫靡浪蕩的聲音。

不需要任何撫慰就挺立的性器也讓信三難耐，櫻庭愛生只是玩味地挑撥他的情慾，似乎沒有打算進行下一步。像是被逼到走投無路般，信三忍不住用腳勾住他的腰際，貪婪地催促櫻庭愛生給予更多關愛。

「只有這種時候才能感受到你的需求。」將手指抽出後，櫻庭愛生溫柔地覆上雙唇，緊接著將自己的陽具漸進地插入信三的體內。令人羞恥的交合聲細微地傳進信三耳裡，痛楚與被填滿的快樂在那一刻占滿全身，昂碩火熱的陽具規律地碰撞深處，兩人的舌頭在彼此的口腔裡交纏。

流著細汗與低沉的喘息聲展開甜膩的性愛，信三不時會無意識地呢喃他的名字，櫻庭愛生像是給予獎賞般地親吻著信三泛紅的頸肩與鎖骨。

「想要更多嗎？」櫻庭愛生問著。

性器宛如拷問又像賞賜，不斷直搗信三的敏感地帶，跟著體液流出的藥膏已經將床鋪弄濕，但信三已經無暇思考要怎麼跟醫院解釋這件事。

全都給我。然而現在沒有這個思緒好好回應，信三只能點了點頭。

「不愧是我的信三。」伴隨如此魅惑的嗓音，櫻庭愛生的雙手不知何時緊緊抵著信三的頸項，溫柔且有節制地壓迫動脈的血液流動。

有節制是剛開始，五秒過後便不知輕重地放大力道，沒有心理準備的信三連呼吸都困難起來，他終於知道為何櫻庭愛生要綑綁雙手，這是為了防止他反抗與逃脫。

這傢伙就算想報復黑眷村的事也不需要做到這種地步吧？該死的，在性愛過程中斷氣根本不在他的人生計劃裡。氧氣還未短缺時，信三腦海還有空間盤旋對櫻庭愛生的不滿，但漸漸地，他只聽得到自己的耳鳴聲。

「放……放開我。」聲音微薄到信三不認為櫻庭愛生能聽見，他看到青年冷峻的臉龐布滿無法解釋的獨占慾，明明這般難受，可他的身體卻不斷緊絞櫻庭愛生，彷彿正享受危險又瘋狂的性慾。

「不放。」櫻庭愛生俯下身舔抵著信三嘴角流下的液體，那張成熟秀氣的容貌因缺氧而脹紅，眼眶泛著淚水而迷濛起來，美麗誘惑流洩著脆弱的激情，皆是前所未有的景色。

瀕臨窒息的那瞬間，包裹著櫻庭愛生性器的內壁急速收縮，伴隨而來從未體驗的快感襲捲所有感官，不論是櫻庭愛生還是信三都射出精液，那雙緊緊掐著頸部的手終於鬆開。

大口吸著氣，腦子裡亂轟轟作響，儘管信三疲憊到說不出一句咒罵櫻庭愛生的話，但沉迷於極致性高潮的身體仍持續收縮，像是隨時迎接各種不堪的蹂躪。

「再一次吧。」解開束縛的繃帶，櫻庭愛生吻著信三的手背，以及留下深紅痕跡的頸項。

「……」一點思考的餘力也沒有，信三僅能任由櫻庭愛生抱著他，狂熱地在裡面抽插滿溢而出的情感。

在先前確實有聽聞人際關係特別開放的少女失眠三個月，求助於精神科醫生想尋找失眠的主因，這才發現她在三個月前與陌生人有過窒息式性愛，從此對這麼極致的快感念念不忘。但窒息式性愛稍有不慎便會導致死亡，雖說下手的人是櫻庭愛生應該沒有這個問題。不，會對戀人做出這麼變態的動作，本身就是問題。信三不切實際地想著。

信三心裡明白櫻庭愛生不惜傷害他的原因。被捨棄的痛苦與無能為力的絕望，一切全是希望能成為對方唯一的選擇。

日光被層層積雲隱蔽，窗外明亮的景色逐漸籠上昏暗色彩，兩人的雙手仍緊緊交疊。

他再也不會鬆開這雙手，也不想錯過這個人，無論過去如何慘澹、未來多麼徬徨，信三暗自發誓他絕不會捨棄櫻庭愛生，就算是……

放在床邊桌上的報紙刊登著黑眷村的照片，七零八落的黑月花瓣凋零滿地，四百多個黑棺全被破壞殆盡，在碎裂的棺木旁，有一把信三所熟悉的蝴蝶刀。

因多次猛烈撞擊使刀子扭曲變形，即使如此，刀口仍沾染些許血跡。

——切莫忘記絞殺榕的美學。

— END —

番外

七夕日常

純粹是想彌補故事裡信三和櫻庭愛生沒有場合、時間能像普通戀人一樣打發生活，因而寫出來的劇情。

時間點是七夕，理論上是發生在黑眷村事件過後，但也請當作黑眷村事件沒發生吧，不然信三面對櫻庭愛生有可能……也請大家自行想像。

番外

七夕日常

不知道從什麼時候開始，只要屹立在人群中便會莫名生起一股厭惡感，茫然看著人來人往的景象以及一個個擦肩而過的臉龐，頓時覺得整個城市就像個蟻巢，我就是在蟻巢中一個可有可無的存在。

每天對自己呢喃「活著就是無可取代的價值」、「才不要空虛無味地過完人生」、「沒有努力，沒有資格批判這個世界」等等話語，但這份厭惡感始終沒有退散，甚至是與日俱增。

對於自己、對於社會、對於所有人、對於這個世界的任何角落、任何景色，都有著難以解釋的反感，是因為對社會不滿嗎？還是對人類建立起來的制度感到疲憊？

可我想比起疲憊，充斥更多的是無力。

住在巷子口今年要上高中的女孩跳樓自殺了，

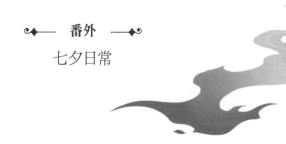

她自殺的前一天我在社區附近的公園還有遇到她，女孩就坐在長椅上低著頭維持這個姿勢許久。出於好奇與關心，我走上前去詢問她發生了什麼事，可她露出驚恐的眼神看著我，結結巴巴說著沒有，便跑走了。

隔天凌晨她從自家頂樓上跳下來，當場死亡。

後來我聽說她被長輩性侵長達半年，女孩曾把這件事告訴母親，但母親要她多多忍耐，原因是她們家欠那位長輩一筆錢還未歸還，女孩無路可走，最終選擇自殺結束這一切。

女孩的事被刊登在報紙上，許多人責怪母親的不是，長輩被法院判刑，媒體爭先恐後來社區訪問附近的住戶及女孩的同學，每個人的嘴裡說著自殺不能解決事情、怎麼不去請社工幫忙等等無關緊要不溫不熱的感想。

自說自話、自我可憐、自我滿足，彷彿不夠扭曲病態就無法生存，這個社會每分每秒不斷這樣教育著我。於是我不再對自己訴說今天也要繼續努力這種毫無意義的話，從今以後，我要實實在在地迎合這個世界，把別人的不幸拿來取悅自己、把一切不合理的事視為合理、虛偽地同情他人才能得到優越感、把一切人事物都當作消費對象。

無論面對什麼事，都要充分得到快樂。我想成為這樣的人。

以上這段文章取自櫻庭愛生的小說《Monster S》其中一位主角的告白。

主角，也就是Monster S，對大人與社會經常抱持不滿，只要遇上一點挫折就會暗自詛咒世界，是個抗壓性低到無與倫比的少年。他在故事開始沒多久與一名成年男性接觸，少年對第一次見面的男性說出極具衝擊性的臺詞：「和我睡一晚好嗎？」這名少年，在《金魚》裡與年少的主角有密切關係，他奉獻處女之身給拯救他的刑警。儘管被拒絕了。

「人間記錄三部曲」的最終章，從《金魚》、《BELOVED》到終點的《Monster S》，可喜可賀這個系列總算劃下句點，而且是在昨天櫻庭愛生趕稿到凌晨四點、難得看到他工作的情況下完成。在這之前，其實信三沒有什麼機會遇見櫻庭愛生在寫作的模樣，他出門上班的時候，櫻庭愛生不是待在家裡看書就是開車去荒涼地區取材，也許會寫點劇情，但信三只要一回家，只會看到櫻庭愛生下廚或待在客廳看電影。

——沒有工作壓力真好。

此時此刻正待在辦公室校稿的信三忍不住嘆氣。

玻璃窗外能見到外頭的天際堆疊層層陰鬱積雲，可能再過不了多久就會下雨。室內放送冰涼的冷氣，明明是平常上班日，坐在位置上的卻沒幾個人。

「一年一次最讓人咬牙切齒的日子終於華麗降臨了，我連今天晚上犒賞自己去貴死人的餐廳享用晚餐的動力也沒有，唉！」坐在對面的行銷企劃從早上到現在已經嘆了十五個氣。

「為什麼？」信三一邊確定出書行程一邊問著。

「你瞧瞧坐在附近的高富帥今天索性就不來了呢。」行銷坐在椅子上轉了一圈，滿臉無趣地看向窗外，已經下起毛毛雨，「要是再下大一點就更好了，這樣我的心理才能平衡。」

信三瞄了一眼高富帥的位置，現在正空空蕩蕩，「他身體不舒服？」

「才不是，我記得信三你也有戀人不是嗎？」行銷的語氣充滿八卦意味。

「……有是有，這和後輩有什麼關係？」

「你的戀人會哭的，今天是七夕喔，你該不會忘了吧？」

七夕？是那個發源於中國周朝時代並流傳至今、來自牛郎織女可歌可泣的傳說，但隨著歷史演進，變成商業促銷一大良機的傳統節日七夕嗎？

「我明白了，確實有件事不得不做。」信三立即拿起電話。

「雖然信三後知後覺，不過也挺有心的嘛～」行銷頗為滿意地笑了笑。

「日安，現在方便接電話吧？晃點我超過兩個月的稿子您究竟打算何時寄來？檔期一延再延、製作一拖再拖，煩請您馬上答覆我。」看了看行事曆，很好，除了這個拖稿拖到海枯石爛的作家以外，還有三個等著他去催繳。

「今天是情人節耶，放過我也放過你自己好嗎？」從話筒裡傳來對方相當低沉慵懶的聲音，八成生活過得太糜爛，可能下午三點才醒。附帶一提，現在中原標準時間是下午五點整。

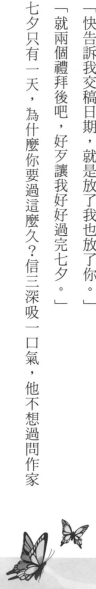

「快告訴我交稿日期，就是放了我也放了你。」

「就兩個禮拜後吧，好歹讓我好好過完七夕。」

七夕只有一天，為什麼你要過這麼久？信三深吸一口氣，他不想過問作家的私事，說不定對方的戀人剛好有十四個。

「那麼就約好是兩個禮拜後，要是沒有讓我等到，就直接去您的住所監工，謝謝合作。」掛掉電話之前，信三沒忘記今天是什麼日子，「喔對了，祝您七夕快樂。」

當然也毫不意外聽到對方怒吼一句：「去你的！」

如此貧弱的攻擊力，信三沒有放在眼裡，後面還有三個作家要處理，今天的事情還真多。

「那個……」行銷在一旁看得目瞪口呆，很感慨地拍了拍信三的肩，「雖然不知道你的戀人是誰，但我深深地同情他，也請幫我跟他問聲好。」

「我覺得你與其同情他不如先同情我，下面有三個作家都要催稿，其中有一個是打一百通都不見得會接聽一通的缺德傢伙。」

信三飛快抄下缺德作家的電話，然後將紙條遞給閒閒沒事做的行銷，「打到電話通為止，拜託了。」當然也毫不意外看到行銷糾結的表情。

已經到這個年紀聽到七夕或情人節說要有多雀躍、多期待都不可能，無關愛與不愛，純粹是以正常的價值觀而言，工作比商業節日重要太多，想必櫻庭愛生也能瞭解這一點。彼此之間誰也沒提起今天是什麼日子。

快下班時，信三收到櫻庭愛生傳來的訊息，打算約在他喜歡的日式料理店碰面，外頭依舊下著細雨。

坐捷運抵達料理店附近，徒步走進小巷子時，信三看到櫻庭愛生站在門口等候。一身黑衣的他給人不寒而慄的感覺，儘管有張好看的容貌，卻因為過於冷酷的氣息，增添不近人情的氛圍。

「抱歉我來遲了，你等很久了嗎？」信三問著。他發覺櫻庭愛生肩上的衣服濕了一小部分，估算應該等了十分鐘以上。

「剛到不久，我們一起進去吧。」櫻庭愛生輕輕推開門，先讓信三踏入。

也許是響應七夕的日子，日式料理店放著溫柔的鋼琴音樂，信三所點的菜色跟平常沒有什麼不同，對兩人而言，這是一如既往的一天。

談論雙方都感興趣的話題，平平淡淡地享用晚餐。走出料理店時，外頭的雨勢比之前增大許多，櫻庭愛生撐起傘，將右邊與騎樓商家最近的位置留給信三，自己則是站在隨時有可能被往來車輛飛濺一身濕的左邊。

「對不起，我帶來的雨傘太小了。」櫻庭愛生低沉的聲音流露著歉意，「你再站過來一些好嗎？別淋到雨。」

「要是弄濕了，大不了一起洗澡。」信三無所謂地聳聳肩。

櫻庭愛生沉默幾秒，突然笑了笑，「那該怎麼辦？我好想現在就弄濕你。」

「旁邊就是馬路，不想下一秒就去投胎的話給我安分點。」信三冷聲說著。

櫻庭愛生不以為意地擦拭信三頭髮上的水珠，面對他的威脅恐嚇已經見怪不怪了。

兩人漫步在雨中，與形形色色的人擦身而過。

對其他人而言，最能感受到愛慕的時節裡，兩人的身影卻是無比索然無味。

沒有人知道。

從第一次與這雙漆黑的眼眸交會的那一刻開始，每分每秒，都在戀愛中。

（完）

【作者後記】

本集內容的裡設定大公開

睽違五年，櫻庭愛生以新的面貌重新出現，設定上與原先第一部略有不同，尤其是信三的家世背景，若有興趣，可以到我的部落格看第一部全三集的內容。

這次劇情出現的人名不多，撇除公眾人物的名字以外，有出現的角色名稱僅有兩個，漣信三和櫻庭愛生。然而，只有信三是真名。

會這麼設計的原因如果有下一集的話再開誠布公，在這之前，請容我維持設定上的祕密。

那麼來談談小說裡的細節吧——

【時間點】

《黑眷村奇譚》發生的時間是接在第一部結局《鬼塚神見島》之後，由於我不是很肯定，沒有看過第一部的讀者直接翻閱這本會不會有斷層，所以在開頭有稍微介紹兩位主角的身分，希望有達到效果。

【黑眷村】

其實一開始構思的出發點只是「經常進行活祭的村莊」罷了，但又覺得只是活生生將人掩埋起來似乎沒有什麼意思，因此加入「碾碎四肢將人放進棺材裡」的設定。光看字面敘述應該比活埋還痛一些。放進黑棺裡當作祭品的人不會死，持續好幾百年的痛楚，藉此讓實施生祭的人完成願望，不過這點好像在小說裡面看不大出來……

一直很猶豫是否要代入七星這麼複雜的說明，一方面是想加深黑眷村完整的生祭制度，另一方面是讓信三的解謎之路充滿阻礙，儘管這本小說完全沒有推理要素。那麼黑眷村滅亡的真實原因是什麼，我想各位應該心裡有個底，就不多說了。

【雨林】

如果有個地方能一口氣看到阿切氏籠頭菌和諾斯登山柳菊，恐怕是世界奇景。阿切氏籠頭菌的生長方式經常被揶揄為電影異形，先前在網路上有看到大德無私奉獻阿切氏籠頭菌破蛋到完全成熟的影片，終於明白為何會跟異形有關連，兩者幾乎是一模一樣。

都會型雨林是指在繁華地帶存在的雨林，世上僅有兩個，一處是新加坡，一處是巴西里約熱內盧。

【洛夫克拉夫特】

很喜歡克蘇魯神話，曾經在《縷紅新草》系列裡出現過舊日支配者，一直覺得「探究太深會引來無妄之災」為主軸的宇宙文學非常迷人，但比起小說，出現在電影或電玩上面應該更有看頭。

阿爾哈茲萊德是克蘇魯神話中出場的人類，想要探究不可知的神，某天在大庭廣眾之下被肉眼無法看到的魔物吃食。隱喻著大叔所寫的小說結局，但其實是直白解釋黑眷村的下場。

【博物館男性】

或許有人看到一半就猜到男性的身分，劇情裡給的提示不少。

男性的來歷即使在這裡公開也可以，他是櫻庭愛生的兄長，目前動機不明。如果有下一集的話，會是非常重要的角色，不過可能要做好此系列迎向最終結局的心理準備。

【絞殺榕】

男性給予信三的提示，切莫忘記絞殺榕的美感。相信各位就跟信三一樣，完全不明白男性所指的是什麼。生長在毫不知情的寄樹上，掠奪對方的養分，茁壯之後將寄樹絞殺。

那麼如果將寄樹換成黑眷朳，櫻庭愛生是絞殺榕的話，或許會比較好理解。

這位獵奇小說作家在戀愛以後，就把先前經營的三大原則摒除在外了，取而代之的是其中一位主角為菁英分子、嗜好十之八九與殺戮凌遲有關、精神疾病。或許櫻庭愛生本人也符合這三個原則。

【漣信三】

身世背景完全被改寫的悲劇角色。

跟第一部相較，性格更為腹黑冷靜還有些疏遠感，面不改色說謊的高手，對櫻庭愛生抱持著無比複雜的情感，愛他，同時也恨不得從來沒有認識他。

撇除面對櫻庭愛生變得非常優柔寡斷以外，其他事情都能果斷理智。

很瞭解櫻庭愛生的真實為人……打出這句話都覺得言不由衷，應該換成至少瞭解櫻庭愛生部分真實為人，因為瞭解所以痛苦，畢竟誰也不想愛上一個敗類。

儘管正在試圖妥協，感情這種事就跟命運一樣，根本不是人有辦法自己掌握的。

那麼在最後得知黑眷村滅亡真相的他，對櫻庭愛生又會產生什麼樣的變化？嗯……如果有下一集的話，或許就能揭開了。

【小說】

這次總共出現五本櫻庭愛生所寫的小說，描述少年戀慕舅舅最後自殺的《獻身》。擁有精神妄想和肢解興趣的醫生，這是《妖歌》。將屍體埋在院子裡，想與少年一同生活的青年，《樂園》。這三本是櫻庭愛生系列第一部就有提及的故事，但內容稍微有些不同。

《金魚》和《BELOVED》是這次才提及的作品，而且彼此之間有一些些關聯。

【櫻庭愛生】

他的真名在網路上搜尋應該可以找到。

性格比起上一部更加人性化……當然沒有這回事。

身家背景幾乎原封不動從第一部延續到第二部，唯獨他的職業從刺青師變成職業作家以外，基本上沒有太大落差。

再度登場以後，迅速成為目前最難設計臺詞的角色前五名，第一位妥妥是辛紅縷，第二位就是櫻庭愛生了。言簡意賅只說重點，使用的語句通常不夾帶情感成分，在劇情裡因為不曉得該怎麼回應信三，所以丟下一句「謝謝你願意告訴我」就離開，但這個舉動被信三解讀為「言拙地原諒他」……最有感情流露的對話是結局的自白，堪稱是歷時五年來櫻庭愛生這個角色說過的話裡面唯一有血有肉的部份。

這次封面感謝重花擔當，同時也非常謝謝晴空給予櫻庭愛生系列繼續戀愛的機會，一直以來不斷給責任編輯帶來困擾真的很抱歉，能跟妳合作，我覺得自己是個幸運的人。

對作品有任何心得感想，可以在臉書或部落格上面留言，若有機會，我們下一本見。

FB：https://www.facebook.com/akusai0917

BLOG：https://akusai917.blogspot.tw/

原惡哉

二〇一六年夏

櫻庭愛生系列五周年特別企劃

讀者 Q & A 募集活動

為慶祝櫻庭愛生出道五周年，特別邀請兩位主角接受讀者們的專訪，揭開櫻庭愛生和信三最讓大家感到好奇、不為人知的一面！

櫻庭愛生系列五周年特別企劃

讀者Q & A募集活動

不知不覺也五周年了，感謝各位一路支持。先前在臉書專頁上有展開募集讀者問題的活動，那麼就在這個地方邀請信三和櫻庭愛生來回答問題吧！

Q01 之前有說過最喜歡什麼體位嗎？不然就是愛生喜歡的地點，信三印象中是個需要床的人。順便跪求一下新家配置？（Uta Gion）

信三（以下簡稱信）：完全不意外啊，就知道會出現這個問題，唉。喜歡的地點只有床，至於姿勢……不是太累的體位就可以了，比如說火車便當。

櫻庭愛生（以下簡稱愛）：其實火車便當比較吃體力的應該是我這一方，至於地點，哪裡都可以。

信：新家配置很簡單，客廳、書房、浴室、廚房、餐桌，兩個房間，調酒吧台。

惡哉（以下簡稱惡）：兩個房間？偶爾會分開睡嗎？

信：有時，留給彼此能夠獨處的空間也是好的。

Q02 可以問兩位的尺寸嗎？下半身的。（邱倫倫）

愛：十六點零一與十二點七三，誰前誰後請自行揣測。

惡：其實我比較想知道這是工事中還是工事後的長度。

信：工事的意思是……算了，當我沒問。

Q03 櫻庭愛生對自己出的書最滿意哪一本？還是都一樣？（莫允）

愛：都一樣。

惡：我喜歡《BELOVED》。

愛：沒有人問妳。

Q04 想問信三對於櫻庭愛生小說的讀者們有什麼想法？（我是貓）

信：天真爛漫熱情奔放。

惡：等等，這個感想是不是有什麼誤會……

Q05 第一次與對方滾棉被的感受是？（莫斯）

信：不在床上這點是很大的遺憾。

愛：儘管過程沒有問題，但在進行時並不像表面這麼游刃有餘。

信：哈，因為是初體驗的關係嗎？

愛：為什麼要把這件事說出來……

Q06 愛生最想收藏與信三相處的哪個畫面？（弛霧靜玥）

愛：每分每秒。

惡：身為出版業界、不對，身為人類世界裡首屈一指的變態，櫻庭先生應該只差沒在家裡各個角落安裝攝影機吧？

愛：我有權對這個問題保持緘默。

Q07 想問愛生要求過信三玩什麼情趣嗎？如果有，是什麼呢？另外如果有人受傷，那麼另一方會有什麼反應？（晦朔，小月，XinMei，毛毛小馬）

信：嘖，大家越來越不給我留後路了，恕我略過。

愛：綑綁。

惡：我能順便問姿勢嗎？

信：去死。

愛：受傷的話，雖然我認為傷口也有某種情色意涵，但還是會盡可能避免。

惡：會覺得傷口很性感，櫻庭先生真的徹底沒救了……

Q08 請問信三有沒有當過攻？以及兩人喝醉酒是什麼樣子？（孟君）

信：沒遇到櫻庭愛生之前我都是攻，別忘了其實我也有交過女友。至於喝醉，品酒向來有節制，因此不大可能醉倒。

Q09 請問愛生會對熟睡的信三做什麼？（玥）

愛：什麼事也不會做。

Q10 兩人最刺激的一次H經驗是？（知里）

信：黑眷村事件結束後在醫院進行窒息式性愛……雖然不是很想說，但我真的險險斷氣。

惡：因為是在醫院所以下手不知輕重嗎？話說回來，窒息式性愛應該不是第一次吧？

信：先前也有過幾次。

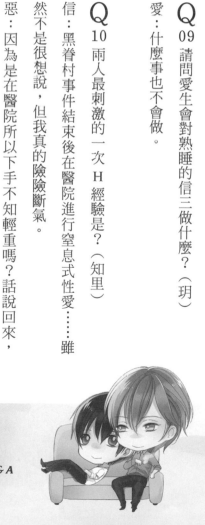

惡：……意外發現信三先生不為人知的被虐傾向。

信：並沒有。

Q11 請問愛生跟信三喜歡哪個四十八手？曾用過的是？（福山ひあさ）

愛：除了一些特別刁鑽的體位外，幾乎都用過。最喜歡撩亂牡丹。

惡：是因為可以透過鏡子看到信三先生的表情嗎？

愛：一半一半，你們不覺得這個體位比較能隨意擺布對方嗎？

惡：總之是個控制權在攻方的體位，信三先生肯定是上輩子沒有拯救到世界，這輩子才會認識你。

Q12 兩人的敏感帶在哪裡？（哈哈，月鳴）

愛：只是親吻跟撫摸，對信三來說沒有什麼感覺。不過如果讓他聽到聲音的話，事情就會變得有趣起來。

惡：對信三先生來說，櫻庭先生的聲音很性感吧？

信：我們能進行下一題嗎……

Q13 想請問信三對騎乘位的感想，還有愛生會不會這樣要求信三色氣地說著「今天想要你在上面」之類的話？（麻糬）

信：感想就是很疲憊，我對正常體位的興致比較大。

愛：基本上要求他說出來的可能不是這麼簡單的話。

惡：不然櫻庭先生想聽到什麼？

愛：保留到十周年再來回答。

Q14 如果要把兩人比喻成動物的話會是哪一種？（原闇蝶）

信：愛生比較類似黑豹，優雅但充滿危險。

愛：兔子。會因為寂寞而憂鬱身亡。

信：兔子是形容我還是形容你？

愛：也許形容我們都很適合。

Q15 信三曾經主動誘惑過愛生嗎？（葉醬）

信：就算有也不可能鉅細靡遺地說出，太難為情了。

惡：比較想知道信三先生會採取什麼誘惑方式？五周年應該大放送一下。

信：邀請櫻庭愛生一起進浴室……之類的。

惡：本來還很期待會聽到什麼色情的內容，沒想到是

這麼日常，不過櫻庭先生那傢伙只要信三先生舔個嘴唇就不行了吧，唉。

Q16 請問信三與櫻庭愛生想對惡哉說什麼？（如如嗚咪）

信：五周年了，日子過真快。

愛：……

惡：櫻庭先生那陣沉默好令我害怕。

Q17 如果有天信三離開櫻庭愛生，那麼愛生會變得如何？（仁兔，VianneChiu）

惡：當事人可能不方便回答，我只好來代打。為了世界和平，信三先生請一定要好好地活下去，安分守己

地待在櫻庭先生身邊，對大家都好。

信：妳難道看不出來我每天都很努力嗎？

惡：是是，您辛苦了。

Q18 如果有一天信三酒後亂性和別人睡了，櫻庭愛生會怎麼辦？

信：這個假設完全不會發生……不過如果是自暴自棄和陌生人有了關係，我想對方之後可能會不大好過。

惡：信三先生大概要從新聞報紙的社會事件得知對方的下場，話說您的酒量應該不錯吧，三不五時就把愛爾蘭咖啡或者各式各樣的調酒當水喝，有一位居家戀人真幸福。

信：居家戀人這個詞與櫻庭愛生未免太不協調。

Q19 如果愛生的哥哥出現在兩人面前，愛生當下的反應是？（韓璃）

惡：好問題，如果有下一集的話或許可以看到。

信：不是說好五周年大放送？

惡：也要留點想像空間給大家。

Q20 可以請兩位說出對方在滾棉被時的習慣嗎？例如經常出現的動作或語言？（MeiYu）

信：十次裡面有八次以上不戴套就硬上。

愛：喜歡摸我身上刺青的地方。

Q21 除了嘴唇以外，還最喜歡親吻對方的什麼部位？（碧醬）

信：刺青的部位。那是櫻庭愛生身上最性感的地方。

愛：頸側、鎖骨、腰部、大腿內側、腳背。

惡：之前不知聽誰說親吻腳背有臣服的意味。

愛：有些事還是不要太明白比較有美感，對吧？

Q22 信三有沒有動過「要是沒有遇到愛生該有多好」或是想毀掉對方的念頭？如果有，為什麼沒有行動？

（就是小山豬）

信：如果沒有遇到櫻庭愛生該有多好，這個念頭時時刻刻都存在我的心裡，至於有沒有想過要毀掉對方……

惡：下一集或許就能答案揭曉。

信：啊啊，如果有的話。

Q23 櫻庭愛生雖然占有欲強，但從不會干涉信三的交友圈，是因為尊重嗎？另外愛生是否曾經有過「把你囚禁的話就沒人能接近你了」之類的想法？（雨天，長孫文風）

愛：互相尊重也是維持愛情的基本原則，至於「把你囚禁的話就沒人能接近你了」……現實生活中無法做到這一點，畢竟會破壞兩人之間的信任，所以，只能在小說裡完成。

惡：例如《妖歌》或《金魚》嗎？

愛：請自行揣測。

Q24 想知道信三跟愛生喜歡哪一類型的書？然後最喜歡的是哪一本？（望日蓮）

信：沒有偏愛的類別，不論是奇幻還是推理都看，最喜歡的書是哪一本……這個選項時常在變更，所以無法回答。

愛：《索多瑪的一百二十天》。

信：完全不意外的答案……

Q25 愛生是怎麼樣的情況下，選擇了信三？（Yan Ting Lin）

愛：初次見面那一刻，有了「如果是這個人，我也許可以」的念頭。

惡：一見鍾情？

愛：不反對這個說法。

Q26 對於信三，櫻庭愛生可曾有任何一絲瘋狂的想法？（李純慧）

愛：有部電影名為《感官世界》，淋漓盡致展現戀人眼中只有彼此的瘋狂行徑，為了能永遠與對方廝守，最後用死亡證明愛情的真實性。

惡：那麼櫻庭先生也想在信三先生身上證實愛情的濃度嗎？

愛：用《感官世界》的方法？不，愛情會隨著死亡逝去，這麼做沒有意義。

惡：這方面實際得不可思議。

愛：我本來就是很實際的人。

Q24 愛生能把兩人的刺青圖樣畫出來嗎？（爾玦）

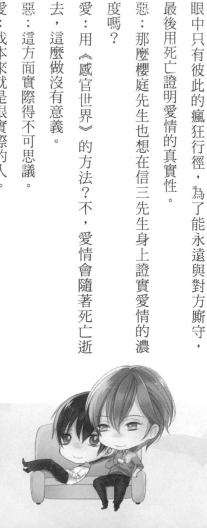

愛：十周年。

惡：居然要等這麼久……也請大放送一下。

愛：如果哪天有這個心情的話就公開。

惡：大少爺的脾氣真的是……

Q28 如果愛生和信三都沒有遇見彼此，他們會有什麼結局？（冰室焰，玥）

信：依舊是個編輯，但有可能一輩子都未婚然後孤獨終老。

愛：一成不變的生活，或許在邁入二十五歲之前結束一切。

Q29 最近的信三過得如何？（林妮妮）

信：……

惡：這個停頓最貼切的形容叫一言難盡。

Q30 對愛生來說，信三的意義是什麼？（柚子）

愛：讓我更趨近完整。

Q31 如果有天愛生跟信三分開，最有可能是什麼原因？（唯臻）

信：……這題可以保留到下次再說嗎？

惡：又是十周年嗎？

信：世事難預料，可能很快就會掀開謎底。

Q32 如果有天愛生不幸死了，信三會一輩子記得他嗎？（IsshiNemu）

惡：這個問題真的是把所有底牌都掀開了，如果留到十周年再說應該會引起暴動吧？但是不給個交代不行呢，只好在續集揭曉。

信：這跟留到十周年再說沒兩樣。

惡：再等五年跟等待續作是不一樣的心情。

Q33 如果有一天櫻庭愛生要毀滅世界的話，信三會選擇阻止他還是幫助他呢？（NoteBook）

信：當然是阻止他。話說回來為何要毀滅世界？

惡：自我毀滅傾向？

信：這種性格實在太糟糕了。

Q34 請問信三對愛生的情感真的是愛嗎？除了愛以

外，他到底對愛生抱持什麼想法？愛生對信三又是抱持何種感情？（Sakuran，默）

信：有點難回答的問題，每個人對愛的定義各有不同，有些人認為默默守護也是愛的表現，有些則認為非得展現極致的偏執才算得上是愛。究竟是抱持什麼想法，答案若赤裸裸攤開可能不見得是好事。

Q35 如果信三某天成為愛生小說裡的角色，而且愛生也成為另一位主角，會希望穿越到哪一本書裡的世界呢？（寂嵐）

信：眾所皆知這傢伙所寫的角色沒半個有好下場，上輩子絕對是毀了銀河系才會成為櫻庭愛生的小說人物，不過真要選的話大概是《獻身》吧。

惡：早死早超生的概念？

信：確實，再加上跟飾演舅舅的櫻庭愛生幾乎沒什麼交集，就只是住在同一個屋簷下的親人罷了。

惡：總覺得好像聽到什麼不得了的答案……

Q36 信三知道自己是珍貴的吐槽役嗎？（小米）

高富帥：放心吧，前輩一直有這個自覺。

信：不要突然出聲。

高富帥：我有預感要是沒有勇者出來聲援，這題應該會在前輩的哼哼下結束。

惡：跟信三先生待在同個辦公室，您辛苦了。

Q37 信三和愛生知道自己是存在於小說裡的角色

嗎？（黃慧瑩）

信：這年頭要成為小說人物倒也挺容易，我的意思是，許多知名人士也是有很大機率成為書本裡登場的人。

惡：小說角色比較幸福吧，至少不用煩惱人生ON LINE各種莫名其妙的課金。

信：水電費保險費之類的嗎？

惡：還有遊戲費用。

信：我已經不知道該怎麼說妳了。

Q38 想請問信三跟止染的星座，還有兩人會不會在意星座占卜之類的？（青椒炒青椒）

信：天蠍座，愛生的話應該是……處女座，吧。星座占卜的話沒有試過，雖然公司同事非常熱衷。

惡：信三先生是天蠍座這點讓我好訝異。

信：怎麼會？為人真誠、冷靜、完美主義、容易記恨、感情用事以及直覺敏銳這些特質我都有，幾乎是天蠍座的典型模範了。

Q39 如果有天信三願意分享的話，他會找哪位朋友把他對止染的感情全部說出來呢？又或是信三絕口不提他跟止染的事情？（KAZE）

信：絕口不提。家務事還是留給當事人自行解決吧。

Q40 如果讓信三選擇的話，寧願愛生一直在自己身邊而不愛他，還是愛生愛著自己但兩人無法在一起？（小緋）

信：讓我選擇的話就是兩人從來不認識也沒見過面。

惡：我相信你是標準的天蠍座了，好強烈的愛恨反應。

信：哈。

Q41 想知道櫻庭愛生財力有多雄厚，每次有他出現的介紹頁都超長的。（骸）

信：不用工作也可以換跑車像撕日曆一樣簡單……反正跟我們這種死老百姓是不同的生活水平。

Q42 想問如果信三變成女性，愛生的反應會是如何？（祈嘉）

惡：當事人應該不想回答這個問題，因此我再度出來代打了。如果信三是女性的話嘛……我不是很想這麼

說，但應該各種下流猥褻的事都會發生吧，嗯……櫻庭先生之所以這麼安分，或許是身為男性的信三先生有力氣去反抗他，不過若是女性的話就很困難了。

信：問這題的人到底是誰？快出來自首，我保證不會打死你。

惡：禁止械鬥。

Q43 如果你們之間一定得死一位，而且其中一人要親手殺死另一人，請問你們會怎麼做？（Kyo 誠）

信：雖然不知道是發生了什麼事必須走到這個地步，但如果真的非得下手的話，有極高的機率是由我親自處理櫻庭愛生吧。

惡：因為這種事櫻庭先生做不來嗎？

信：要這麼解釋也可以。

Q44 請問兩位想嘗試哪種情趣用品呢？（阿十）

信：其實我對情趣用品沒什麼研究。

愛：張腿束縛帶。

惡：果然是稱職的變態……

Q45 很好奇信三那個每次都對櫻庭愛生有精闢見解的朋友，是怎麼看待一直待在愛生身邊的信三？（白漣樺）

信：爛鍋配爛蓋。這個評價中肯到我都不知該用什麼臉面對友人。

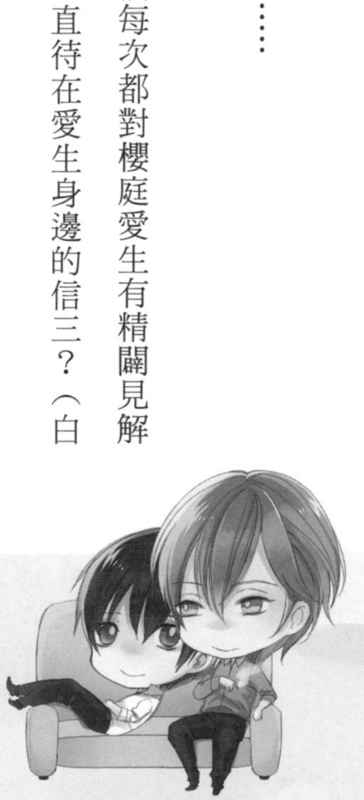

Q46 對彼此來說最有愛意的言語？以及給對方的承諾？（妖年亂華）

信：承諾通常實現機率太低因此不會提，最有愛意的言語，嗯……沒有特別細想這個問題。

愛：承上。

惡：櫻庭先生，五周年了您說的話可以再更長一點嗎？

信：他有回答就算不錯了。

惡：十周年說的話會是現在的兩倍嗎？

信：不期待就沒有傷害。

惡：為什麼五周年活動的結尾如此惆悵……

（完）

王不見王
樊落／著
Leila／繪
虎符令3
狂想館
晴空強檔新書
冒險吧！向偉大的航路出發
「我就知道你會留線索給我的，等著我去救你吧，沈萬能！」
從棋逢敵手變成天作之合？華生也能變神探？
上海灘最佳拍檔，歡樂出擊！
耽美黃金組合樊落X Leila再度攜手，
全力打造復古華麗、賣腐賣萌兼辦案的歡樂偵探小說！
晴空
更多精彩書介與活動請上
「晴空萬里」部落格：http://sky.ryefield.com.tw

綺思館
晴空強檔新書
戀愛吧！一切的不可理喻都好可愛

狂想館017

櫻庭愛生：黑眷村奇譚

國家圖書館出版品預行編目資料

櫻庭愛生：黑眷村奇譚 / 原惡哉著. -- 臺北市：
晴空出版：家庭傳媒城邦分公司發行,
2016.8
冊； 公分. --（狂想館017）
ISBN 978-986-93253-1-8（全一冊：平裝）

857.7 105009008

作者 原惡哉
封面繪圖 重花
文字校對 劉綺文
責任編輯 高章敏
行銷 艾青荷 蘇莞婷 黃家瑜
業務 李再星 陳玫潾 陳美燕 杻幸君
副總編輯 林秀梅
編輯總監 劉麗真
總經理 陳逸瑛
發行人 凃玉雲
出版 晴空
城邦文化事業股份有限公司
104台北市中山區民生東路二段141號5樓
電話：（886）2-2500-7696 傳真：（886）2-2500-1967
E-mail：bwps.service@cite.com.tw
發行 英屬蓋曼群島商家庭傳媒股份有限公司城邦分公司
104台北市中山區民生東路二段141號2樓
書虫客服服務專線：(886)2-2500-7718；2500-7719
24小時傳真服務：(886)2-2500-1990；2500-1991
服務時間：週一至週五09:30-12:00；13:30-17:00
郵撥帳號：19863813 戶名：書虫股份有限公司
讀者服務信箱E-mail：service@readingclub.com.tw
晴空部落格 http://sky.ryefield.com.tw
香港發行所 城邦（香港）出版集團有限公司
香港灣仔駱克道193號東超商業中心1樓
電話：852-2508-6231 傳真：852-2578-9337
E-mail：hkcite@biznetvigator.com
馬新發行所 城邦（馬新）出版集團【Cite(M) Sdn. Bhd. (458372U)】
41, Jalan Radin Anum, Bandar Baru Sri Petaling, 57000 Kuala Lumpur, Malaysia.
電話：+603-9057-8822 傳真：+603-9057-6622
電郵：cite@cite.com.my

美術設計 廖婉禎
內頁排版 洸譜創意設計股份有限公司
印刷 沐春行銷創意有限公司
初版一刷 2016年8月
定價 250元
ISBN 978-986-93253-1-8